जाने पहचाने लोग

संस्मरण

हरिशंकर परसाई

जाने पहचाने लोग

राजकमल प्रकाशन

ISBN : 978-81-267-0337-1

मूल्य : ₹295

पहला संस्करण : 1991
पाँचवाँ संस्करण : 2018

प्रकाशक : राजकमल प्रकाशन प्रा. लि.
1-बी, नेताजी सुभाष मार्ग, दरियागंज
नई दिल्ली-110 002

शाखाएँ : अशोक राजपथ, साइंस कॉलेज के सामने, पटना-800 006
पहली मंजिल, दरबारी बिल्डिंग, महात्मा गांधी मार्ग, इलाहाबाद-211 001
36 ए, शेक्सपियर सरणी, कोलकाता-700 017

वेबसाइट : www.rajkamalprakashan.com
ई-मेल : info@rajkamalprakashan.com

मुद्रक : बी.के. ऑफसेट
नवीन शाहदरा, दिल्ली-110 032

JANE-PAHACHAANE LOG
Memoirs by Hari Shankar Parsai

अनुक्रम

जाने
पहचाने
लोग

मेरे समकालीन

'मेरे समकालीन' नाम से मैं कुछ लेख लिख रहा हूँ। यह आत्मकथा नहीं है। बड़े-छोटे लेखकों से अपने को जोड़ने की कोशिश भी नहीं है।

यह प्रथम लेख भूमिका-जैसा है। इसमें कुछ बड़े लेखकों का उल्लेख जरूर है। बाकी लेख 'छोटे' समकालीनों के बारे में होंगे।

सन् 1947 में जब मैंने लिखना शुरू किया, भारत स्वाधीन हुआ ही था। चारों तरफ स्वाधीनता-संग्राम में जेल गए हुए 'सुनामधन्य', 'प्रातः स्मरणीय', 'तपोपूत' आदि बिखरे थे। हर सड़क पर किसी तपोपूत के दर्शन हो जाते थे। किसी गली में पेशाब करने बैठते डर लगता था कि कहीं कोई प्रातः स्मरणीय न निकल पड़ें। यह भावुकता, श्रद्धा, पूजा का दौर था। मैं सच्चे दिल से इन पर श्रद्धा करता था। ये त्याग की राजनीतिवाले लोग थे। बाद में सत्ता-राजनीति की छीन-झपट में इनकी क्या शर्मनाक गति हुई, इसका लेखा-जोखा मेरे अब तक के लेखन में है।

हिन्दी वीणापाणि के बूढ़े पुजारी भी उन दिनों श्रद्धास्पद थे। कम-ज्यादा पूज्य वीणापाणि के चाचा, फूफा और बहनोई भी थे। इनके चित्र देखता था, मंचों पर इनके नाटकीय करतब देखता था। इनका सहज कुछ भी नहीं होता था। शब्द बनावटी, उन्हें बोलते वक्त होंठों के मोड़ बनावटी, स्वर बनावटी, आँखों का भाव बनावटी, मुस्कान बनावटी। छायावादी

भावुकता के उस दौर में ये 'माँ भारती के सपूत' वगैरह कहलाते थे। ये अपने को समर्पित व्यक्ति मानते थे। समझते थे कि सबकुछ उनकी कविता, कहानी से हो जानेवाला है। ये प्रकाशपुंज थे। ये शहर में भी थे और बाहर से भी आते थे। मैं इन्हें देखता था, सुनता था, पर पास नहीं जाता था। इनसे बात नहीं की जा सकती थी। ये आपस में जो बातें करते थे, वे बड़ी अटपटी और बनावटी होती थीं। ये मूर्ति थे, जिन पर फूल चढ़ा सकते थे, पर जिनसे बात नहीं कर सकते थे। ये अधिकतर छायावादी-रहस्यवादी कवि होते थे। पुरुष कवियों की भी 'सखी', 'आली' होती थी। इनका 'प्रियतम' भी होता था। यह दूसरा रीतिकाल था, जिसमें काव्य-परिपाटी निभाई जाती थी। कंठ साधकर पुरुष रहस्यवादी कवि गाता था—'सखी, मैं प्रियतम को कैसे पाऊँ?' कृष्ण-भक्ति की अनेक धाराओं में एक 'सखी सम्प्रदाय' भी था। इसमें साधक राधा होता था। वह स्त्री की तरह मासिक धर्म का पालन भी करता था। पुरुष कवियों का यह 'प्रियतम' रहस्यवादी सखी सम्प्रदाय का कृष्ण ही होगा। वैसे इसमें परमात्मा के विरह में आत्मा की पुकार नहीं थी। मामला इस तरह का होता था कि पड़ोस की स्त्री का पति दौरे से अचानक लौट आया। रहस्यवादी कवयित्री गाती थी—अब प्रियतम तुम अन्तरिक्ष में लुप्त हो गए। इसका मतलब था—पड़ोस का अविवाहित दरोगा दौरे पर चला गया है।

अजब बातें ये लोग करते थे। एक प्रोफेसर रहस्यवादी कवि ने कार में बैठते-बैठते मुझसे कहा—परसाई जी, हिन्दी माता बहुत रंक है। उसने आपके सामने आँचल फैलाया है। उसे मणियों से भर दीजिए। मुझे यह सुनकर मतली आने लगी। वे यह भी कह सकते थे कि सरस्वती की गोद सूनी है, इसलिए आप उसके पेट से फिर पैदा हो जाइए। मैं इन लोगों से मिलते डरता था। मेरे अपने नगर में अपने पुरुषार्थ से अर्जित अखिल भारतीय कीर्ति के धनी सुनामधन्य सेठ बाबू गोविंददास रहते थे, जिनके करीब सवा सौ नाटक हैं। हम दोनों एक ही शहर में चालीस साल रहे, पर मेरी उनसे एक बार भी नमस्कार नहीं हुई। इतना जरूर मैंने सुना कि वे मेरे लेखन को 'अनैतिक' कहते हैं।

दूसरी तरफ अल्प ज्ञात-अज्ञात स्वतंत्रता की सच्ची भावना से प्रेरित अशिक्षित या अर्द्धशिक्षित स्वाधीनता-संग्राम के असंख्य सैनिक थे। इनमें

से कुछ आशुकवि थे, जैसे हमारे होशंगाबाद के लाला अर्जुनसिंह। मैं कांग्रेस का स्वयंसेवक था, तब वे हमारे नेता थे। वास्तविक प्रेरक नेता और सच्चे जन कवि। भाषण करते-करते कविता बनाकर बोलते थे। मुझे अभी तक उनकी बहुत-सी पंक्तियाँ याद हैं। जैसे—

बई द्वारे तैं पूत हैं, बई द्वारे तैं मूत।
देशभक्त होय तो पूत हैं, नहीं मूत को मूत।

लाला जी सीधे-सच्चे समर्पित देशभक्त थे। विधानसभा सदस्य हुए तो वहाँ समाजवाद, पूँजीवाद आदि पर बहस चलती थी। एक दिन लाला जी ने खड़े होकर कहा—अध्यक्ष महोदय! न पूँजीवाद, न समाजवाद। सबसे अच्छा हमारा होशंगाबाद। हमारे इस जिले का कुछ भला कीजिए। ऐसे बहुत-से तपस्वी सच्चे-सच्चे लोग कांग्रेस के भ्रष्ट होने से पहले मर गए। यह उनके लिए भी शुभ हुआ और हमारे लिए भी।

मैं सामान्यत: पिछले कई सालों में हर राजनैतिक पार्टी के शीर्षस्थ, मध्यम और छुटभइया नेताओं से कई बार मिला हूँ। इनमें से कई के साथ कुछ मोर्चों पर काम भी किया है। पर जबरदस्ती घुसने, अपना परिचय देने, दाँत निपोरने व सम्बन्ध बनाने का स्वभाव मेरा नहीं है। फिर मुझमें विनोद-वृत्ति है और बनावट तथा अन्तर्विरोध को पकड़कर मुझे विरक्ति हो जाती है। इस प्रवृत्ति व स्वभाव के कारण मेरी बहुत रक्षा हुई। बहुत झंझटों से बचा। बहुत समय मेरा नष्ट होने से बचा। अनेक मेरे श्रद्धेय थे, परन्तु हास्यास्पद भी थे।

साहित्य में भी अखिल भारतीय कीर्तिवाले बड़ों से मैं अकारण मिलने की कोशिश नहीं करता था। उन दिनों साहित्य का तीर्थराज प्रयाग था। मैं वहाँ अक्सर जाता था। पर मेरी यह आदत नहीं है कि तीर्थ गए हैं तो हर मन्दिर और मढ़िया में जाकर नारियल फोड़ूँ। सच्चिदानंद हीरानंद वात्स्यायन 'अज्ञेय' से आज तक मेरी दुआ-सलाम नहीं हुई। देखा कई बार है। इसका कारण मेरा अहंकार नहीं है। संकोच है। 'अज्ञेय' मुझे चित्र-से और सामने भी एक उदास दार्शनिक लगते हैं जिनके बन्द होंठ हैं। मैं उनसे मिलने जाता और वे बाईसवीं सदी के मनुष्य की चिन्ता में लीन हो जाते, तो मैं क्या बात करता। वैसे भी लेखकों से बात करना मेरे लिए कठिन है। वे कविता, कहानी की ही बात करते हैं या निन्दा। इस देश की हालत,

दुनिया की हालत, देश-विदेश का घटना-चक्र, राजनीति, सामाजिक स्थिति आदि पर इनसे बात नहीं की जा सकती। ये विषय इनके दायरे के बाहर होते हैं।

मैथिलीशरण गुप्त से भी कभी नहीं मिला। उनके बारे में कहा जाता था कि जब कोई लेखक उनसे मिलने जाता था तो बाहर उनका कोई भाई या भतीजा मिलता था। वह लेखक से पूछता था—हिन्दी का सर्वश्रेष्ठ महाकाव्य कौन-सा है? यदि लेखक 'कामायनी' का नाम ले देता और 'साकेत' का नहीं, तो उससे वहाँ अच्छा व्यवहार नहीं किया जाता था। सुमित्रानंदन पंत से एक बार मेरी बातचीत हुई—मुक्तिबोध जी के सम्बन्ध में प्रयाग में एक श्रद्धांजलि-सभा में। महादेवी जी से कई बार भेंट हुई। वे खुलकर बात करती हैं और खुली हँसी हँसती हैं। प्रयाग में 'अश्क' जी से मिलना एक विशिष्ट अनुभव है—अपने को कुछ नहीं बोलना पड़ता। वे ही बोलते हैं और अपने बारे में बोलते हैं। पूरी किताब सुना जाते हैं। उनके पास बैठने से सबसे बड़ी प्राप्ति यह होती है कि सारे लेखकों की बुराई मालूम हो जाती है, और उनकी नई से नई कलंक-कथा आप जान जाते हैं। 'अश्क' बड़े प्रेमी, मेहमाननवाज आदमी हैं, पर मेहमान पर एहसान का बोझ नहीं छोड़ते। मेहमान के जाने के बाद उसकी निन्दा व उपहास करके 'पेमेंट' वसूल कर लेते हैं। वैसे प्रयाग में मैं कमलेश्वर, मार्कंडेय, अमृतराय तथा अनेक दूसरे मित्रों से मिलता ही था।

जैनेंद्र जी से चार-पाँच बार की मुलाकात है। उनसे मजेदार नोक-झोंक होती है। एक बार दिल्ली में अफ्रो-एशियाई शान्ति सम्मेलन में गया था। बाहर निकल रहा था कि जैनेंद्र जी चादर सँभालते मिले। हम लोग बाहर आए। मैंने कहा—जैनेंद्र जी, आप यहाँ कैसे? उन्होंने जवाब दिया—अरे भई, सुना कि तुम लोग आए हो तो मैं भी आ गया। मैंने कहा—आपकी कार कहाँ है? वे बोले—मेरे पास कार कहाँ है? मैंने कहा—अज्ञेय के पास तो है। उन्होंने कहा—कहाँ अज्ञेय, कहाँ मैं। मैं तो गरीब आदमी हूँ। उस समय जैनेंद्र ऋषि दुर्वासा की तरह लग रहे थे। सामने 'अज्ञेय' होते तो भस्म हो जाते। फिर जैनेंद्र सन्त की कुटिल मुद्रा से बोले—इस सम्मेलन में आने के लिए तुम्हें रूस से बहुत पैसा मिला होगा। मैंने कहा—जी हाँ, इस सम्मेलन को बिगाड़ने के लिए जितना पैसा सी.आई.ए. से आपको मिला

है। जैनेंद्र हँसे। कहने लगे—तुम्हारी कटाक्ष की क्षमता अद्‌भुत है। तुमने 'कल्पना' में मुझ पर काफी कटाक्ष किए। कलकत्ता के सम्मेलन में भी तुमने मुझ पर ही प्रहार किए। पर मैं बुरा नहीं मानता, क्योंकि इसमें तुम्हारा कोई निहित स्वार्थ नहीं है। लेकिन तुम्हारे तीन-चार लुच्चे कहानीकार दोस्त हैं। 'लुच्चे' शब्द से जैनेंद्र ने किन लेखकों को विभूषित किया, ये वे लोग जान जाएँगे, सभी जान जाएँगे।

बुजुर्गों व महानों में मेरे प्रदेश के भी दो साहित्यकार थे—माखनलाल चतुर्वेदी और पदुमलाल पुन्नालाल बख्शी। माखनलाल चतुर्वेदी ने भाषा को ओज दिया, कोमलता दी, मुहावरे को तेवर दिया और अभिव्यक्ति को ऐंठ दी। वे शक्तिशाली रूमानी कवि, ओजस्वी लेखक तथा वक्ता थे। 'निराला' के बाद वही थे, जिन्होंने काव्य-परिपाटी तोड़ी। उनमें विद्रोह और वैष्णव समर्पण एक साथ थे। एक तरह से वे 'मधुर साधना' वाले कवि थे। परन्तु 'कर्मवीर' में उनके सम्पादकीय लेख व टिप्पणियाँ आज पढ़ते हैं तो चौक जाते हैं। उनमें वर्ग-चेतना प्रखर थी। अगर कहीं उनका वैज्ञानिक समाजवाद का अध्ययन हो गया होता तो बड़ा कमाल होता। पर वे मोहक किन्तु अर्थहीन भी लिखते थे। रंगीन, रेशमी पर्दे के पीछे कभी-कभी कुछ नहीं होता था। उनके लेखन के कुछ 'मैनेरिज़्म' थे। उनके पहले ही दो पैराग्राफ में 'तरुणाई', 'पीढ़ियाँ', 'मनुहार', 'बलिपथ', 'कल्पना के पंख' आदि शब्द आ जाते थे। मेरी उनसे एक बार भेंट हुई थी, कुछ भाषण सुने थे। अन्तिम बार मैंने उन्हें गोंदिया में मध्यप्रदेश हिन्दी साहित्य सम्मेलन के अधिवेशन में देखा। इसमें अध्यक्षता के लिए हमारे उम्मीदवार प्रखर समाजवादी पंडित भवानीप्रसाद तिवारी थे। मुक्तिबोध भी आए हुए थे। परन्तु प्रदेश के अर्थमंत्री बृजलाल बियाणी भी अध्यक्ष बनना चाहते थे। उनकी तरफ से पूरी शासकीय मशीनरी और व्यापारी वर्ग लगा था। पर पलड़ा भारी तिवारी जी का था और बियाणी जी हार भी गए थे। पर तभी परम श्रद्धेय पंडित माखनलाल चतुर्वेदी को पूरी नाटकीयता के साथ मंच पर लाया गया। दोनों तरफ से दो आदमी उन्हें सहारा दे रहे थे। माखनलाल जी को अभ्यास था कि कब और कैसे बीमार दिखना, कितने पाँव डगमगाना, कितने हाथ कँपाना, कितनी गर्दन डुलाना, चेहरे पर कितनी पीड़ा लाना। उन्हें कुर्सी पर बिठाकर उनके सामने माइक लाया

गया। उन्होंने काँपती आवाज में कहा—मैं चालीस वर्षों की साधना के नाम पर यह चादर आपके सामने फैलाकर आपसे भीख माँगता हूँ कि बियाणी जी को अध्यक्ष बनाएँ। वे सम्मेलन का भवन बनवा देंगे और बहुत रचनात्मक कार्य करेंगे। हम लोग क्या करते ? हमने अर्थमंत्री बियाणी को अपमान के साथ अध्यक्ष बन जाने दिया और माखनलाल जी का कर्ज पूरा उतार दिया। मुक्तिबोध ने नागपुर लौटकर 'नया खून' में एक तीखा लेख लिखा, जिसका शीर्षक था—'साहित्य के काठमांडू का नया राजा'।

पदुमलाल पुन्नालाल बख्शी के आसपास सरलता, दैन्य और संतत्व का महिमा-मंडल निर्मित किया गया था। वे 'सरस्वती' के सम्पादक रहे थे और विश्व कथा-साहित्य का अध्ययन उनके बराबर तब शायद किसी का नहीं था। उन्होंने मेरी पहली पुस्तक पर सही टिप्पणी लिखी थी। फिर वे खैरागढ़ आ गए और अध्यापक हो गए। खैरागढ़ की सुन्दरी रानी पद्मावती की उन पर कृपा थी और उन्हें गुरु मानती थी। जब वे राजनीति में आईं, फिर मंत्रिमंडल में गईं, तब बख्शी जी उनके लिए बहुत कुछ लिखते थे। हम लोगों का अनुमान था कि बख्शी जी के मन में उनके प्रति बहुत कोमल भाव थे। आचार्यों के शब्दों में 'मधुमती भूमिका' थी, जो भूमिका ही रह गई। मामला शायद 'प्लेटानिक' था। उन्हीं बख्शी जी को रानी पद्मावती ने उस मकान से निकाल दिया, जिसे वे उन्हें लगभग दे चुकी थीं। तब वे मध्यप्रदेश के मंत्रिमंडल में थीं। हम लोगों ने बहुत जोरदार आन्दोलन चालू कर दिया। लगातार अखबारों में लिखा। लेखकों को संगठित किया। रानी से मिले भी। हम लोगों की योजना थी कि रानी के बँगले के सामने हम लोग धरना देंगे। तभी बख्शी जी ने अखबारों में बयान दे दिया कि रानी पद्मावती मेरे लिए साक्षात् लक्ष्मी हैं। हम लोग ठंडे पड़ गए। भवानीप्रसाद तिवारी ने कहा—यारो, कमजोर आदमी के लिए लड़ने से अपनी ही दुर्गति होती है। मेरा खयाल है कि बख्शी जी के मन में रानी के आतंक के साथ जो रसात्मक भाव था, उसने उन्हें लड़खड़ा दिया। वे समर्पण कर गए। उनके समर्थक कहने लगे कि भाई, बख्शी जी सन्त हैं। वे किसी का बुरा करना नहीं चाहते। यह संतत्व भी बड़ी रहस्यमय चीज है। सबको अच्छा कहना और आशीर्वाद देना, यह कोई विवेक का काम नहीं है। सन्त की पहचान इससे होती है कि वह किन मूल्यों के लिए लड़ता है और किन

चीजों से नफरत करता है। सही नफरत करना सन्त के लिए जरूरी गुण है। जो बुराई से ही नफरत नहीं करता, वह सन्त कैसे हो सकता है। जहाँ तक किसी का बुरा न करने की बात है, किसी का बुरा करने के लिए कुछ करना पड़ता है। कुछ क्रिया करनी होती है। कुछ लोग इतने अलाल होते हैं कि वे बुरे का बुरा करने की क्रिया नहीं करते और उनकी निष्क्रियता संतत्व मान ली जाती है।

अपने बुजुर्ग लेखकों में दो की चर्चा और करूँगा। इनकी कृतियाँ 'क्लासिक' मानी जाएँगी। पर इन दोनों के पास जाकर साधारण लेखक आश्वस्त होता था, आतंकित नहीं। एक पंडित हजारीप्रसाद द्विवेदी थे और दूसरे यशपाल। द्विवेदी जी में अगाध पांडित्य, इतिहासबोध, सांस्कृतिक समझ, तर्क-क्षमता और विकट रचनात्मक प्रतिभा थी। उनकी चिन्ता ऐतिहासिक चिन्ता थी, वे सभ्यता के संकट को समझते थे और मनुष्य की नियति को हस्तामलकवत् देखते थे। कबीर की तरह फक्कड़ थे। बहुत विनोदी भी। वे मजाक करते थे और ठहाका लगाते जाते थे। लगता था, वे कह रहे हैं—'साधो, देखो जग बौराना!' मुझसे मिलकर वे खुश होते थे। मुझे अचरज और हर्ष होता था, जब वे मेरी कहानियों का उल्लेख करते थे। उन्हें मेरे निबन्धों के पैराग्राफ याद थे। उनके पास बैठकर लगता था कि इनकी ज्ञान-गरिमा कितनी सहज और कितनी विश्वासदायिनी है। जब भी उनसे भेंट होती, हँसी और ठहाकों का लम्बा दौर चलता। एक बार वे हमारे विश्वविद्यालय आए। मुझे हिन्दी विभागाध्यक्ष डॉ. उदयनारायण तिवारी का संदेशा मिला कि द्विवेदी जी ने कहा है कि शाम को परसाई को जरूर बुला लेना। मैं शाम को पहुँचा। उनका भाषण शुरू हो चुका था। विषय था—'वाणी और विनायक धर्म'। डेढ़ घंटे के पांडित्यपूर्ण भाषण के बाद बाहर निकले, तो मैं मिला। उन्होंने मेरे कन्धे पर हाथ रखकर कहा—'ज्ञान से दुनिया का काफी नाश कर चुके। चलो कहीं बैठकर गप्प ठोंकेंगे।' हम लोग डॉ. उदयनारायण तिवारी के घर बैठे, जहाँ डॉ. राजबली पांडेय और चार-पाँच और आचार्य आ गए और लगभग दो घंटे अट्टहास होता रहा।

द्विवेदी जी के पास लतीफों का भंडार था। वास्तविक घटनाओं में वे विनोद-तत्त्व ढूँढ़ लेते थे। उनके मुख से सुने हुए लतीफे शायद बहुत प्रचलित हैं, फिर भी एक-दो मैं यहाँ लिखता हूँ।

द्विवेदी जी की ही जुबानी—मैं एम. ए. की मौखिक परीक्षा ले रहा था। मैंने एक छात्र से पूछा कि हिन्दी के सबसे बड़े कवि कौन हैं, तो उसने जवाब दिया—सूरदास। मैंने पूछा—उनके बाद? उसने जवाब दिया—तुलसीदास। मैंने पूछा—तुलसीदास के बाद? उसने जवाब दिया—उड्डगन। इसके बाद ठहाका लगा। उस लड़के ने आचार्यों की निर्णायक आलोचना का यह दोहा सुन रखा था—

सूर सूर तुलसी ससी, उड्डगन केसवदास।
अब के कवि खद्योत सम, जहँ-तहँ करहिं प्रकास।

दूसरा वाकया। कहने लगे—मैं और धीरेंद्र वर्मा मौखिक परीक्षा ले रहे थे। एक लड़की घबड़ाती हुई आई। धीरेंद्र वर्मा ने उससे कहा—मीरा की विरह-वेदना का वर्णन करो। लड़की ने एक-दो वाक्य बोलने की कोशिश की और फिर रोने लगी। हमने उसे जाने के लिए कह दिया। धीरेंद्र जी ने कहा कि इसे तो कुछ नहीं आता। मैंने कहा—नहीं भाई, आपने इससे हास्यरस नहीं पूछा था, बल्कि मीरा की वेदना पूछी थी। वेदना का वर्णन इस लड़की से अच्छा और कौन कर सकता है! धीरेंद्र जी ने उसे पास कर दिया।

अन्तिम विनोद द्विवेदी जी के मुख से 1976 में राजकमल प्रकाशन में सुना। शीला संधू, नामवर सिंह तथा एक-दो और लेखक बैठे थे। पंडित जी ने कहा—यह विदेशी छात्राएँ भी बड़ा गड़बड़ करती हैं। पोलैंड की एक छात्रा मुझसे मिलने वाराणसी गई। मैं लखनऊ गया हुआ था। उसने दिल्ली लौटकर मुझे पत्र लिखा—मैं आपके दर्शन हेतु वाराणसी गई थी। आपके दर्शन तो नहीं हो सके किन्तु आपकी 'सुपत्नी' से भेंट हो गई। पंडित जी ने ठहाका लगाते हुए कहा—ये विदेशी समझते हैं कि भारत में 'सुपुत्र' होता है तो सुपत्नी भी होती होगी। बताइए शीला जी, इस देश में कोई एक भी पत्नी कभी 'सुपत्नी' हुई है।

यशपाल जी से मेरी मुलाकात इलाहाबाद में कराई गई तो मैं अचकचा गया। मैं हाथ जोड़कर बहुत झुका उनके सामने, परन्तु यशपाल ने और भी झुककर मेरे हाथ पकड़ लिए और बोले—अरे महाराज, महाराज! मैं कब से आपसे मिलने को उत्सुक हूँ। मैं सचमुच कृतज्ञ हूँ कि आप मिले। मैं संकट में पड़ गया। मुझे पता नहीं, शायद वे हर एक को

'महाराज' कहते हों। खैर, यह भ्रम तो हुआ नहीं कि यशपाल मेरी प्रतिभा के सामने इतने झुक गए हैं। इतना बेवकूफ मैं कभी नहीं रहा। इसके पहले मुझे कई लोग वाल्टेयर, बर्नाड शॉ, मोलियर, चेखव आदि कह चुके थे और मैं उल्लू नहीं बना था। उल्लू बन जाता तो लिखने-पढ़ने में इतनी मेहनत न करता। मुझे इतना जरूर लगा कि यशपाल मेरा लिखा हुआ पढ़ते हैं और उस पर ध्यान देते हैं और उसका मूल्य भी आँकते हैं। उन्होंने लगभग आधा-पौन घंटे मेरी कहानियों के बारे में चर्चा की। यशपाल जब भी मिलते, यही कहते—अरे महाराज, अरे महाराज! वे तमाम विषयों पर बातें करते थे—इतिहास पर, राजनीति पर। अन्तिम भेंट उनसे भी मेरी 1979 में हुई। यह घटना याद रखने लायक है।

उत्तर प्रदेश हिन्दी परिषद का पुरस्कार लेने लखनऊ गया था। यशपाल भी पुरस्कार लेने आए। विशाल हॉल में संयोग से मेरी उनकी कुर्सी साथ लगी हुई थी। मैं बैठा तो उन्होंने कहा—अरे महाराज, आ गए। फिर बातचीत शुरू हो गई। हॉल पूरा भरा था। करीब पाँच सौ लेखक और सरकारी अधिकारी होंगे। माइक से घोषणा होने लगी—अब राज्यपाल महामहिम डॉ. रेड्डी पधार रहे हैं। सारे लोग खड़े हो गए। पर संयोग से एक-सी भावना के कारण यशपाल और मैं बैठे रहे। आसपास के लोग खड़े होने के लिए कहते रहे, पर हम नहीं उठे। राज्यपाल हमारे बगल से निकलकर मंच पर पहुँच गए। यशपाल ने कहा—बहुत ठीक किया महाराज! आखिर हम क्यों खड़े हों। होगा कोई गवर्नर। बहुत-से होते हैं। निकल जाएगा। इसके बाद राष्ट्रगीत शुरू हुआ तो यशपाल ने खड़े होते हुए कहा—अब खड़े होंगे। यह राष्ट्रगीत है।

बेचन शर्मा 'उग्र' फक्कड़ 'लीजेंड' थे। अक्खड़, फक्कड़ और बहुत बदजबान। जीवन के अँधेरे से अँधेरे कोने में वे घुसे थे और वहाँ से अनुभव लाए थे। व्यापक गहन अनुभव उन्होंने बहुत ताकतवर भाषा में लिखे हैं। वे महान गद्य लेखक थे। अति यथार्थवादी थे। मगर उनका यथार्थ इतिहास से जुड़ा नहीं था। विद्रोही थे, मगर वह दिशाहीन विद्रोह था। उनसे मेरी एक बार चिट्ठी-पत्री हो गई। एक प्रकाशक ने मुझे एक कहानी-संग्रह तैयार करने को कहा। उसमें मैंने उग्र की कहानी 'उसकी माँ' लेना तय किया। उग्र को लिख दिया कि प्रकाशक सौ रुपए आपको भेजेगा।

उन्होंने स्वीकृति दे दी। पर प्रकाशक ने संग्रह छापने का विचार छोड़ दिया। करीब पाँच महीने बाद मुझे 'उग्र' का पत्र मिला, जिसमें लिखा था—वह पुस्तक छपकर कोर्स में लग गई होगी, खूब बिक रही होगी। प्रकाशक और तुम खूब पैसे कमा रहे होगे। पर मुझे सौ रुपए नहीं भेजे। मैं तुम जैसे हरामजादे, कमीने, बेईमान, लुच्चे लेखकों को जानता हूँ, जो प्रकाशक से मिलकर लेखक का शोषण करते हैं। मैंने जवाब में उन्हें लिखा—प्रकाशक ने वह पुस्तक नहीं छापी, यह सच है इसीलिए आपको पैसे नहीं भेजे गए। जहाँ तक मुझे दी गई आपकी गालियों का सवाल है, मैंने काफी गालियाँ आपसे ही सीखी हैं और अपनी प्रतिभा से कुछ और गालियाँ जोड़कर काफी बड़ा भंडार कर लिया है। मैं आपसे श्रेष्ठ गालियों का नमूना इसी पत्र में पेश कर सकता हूँ। पर इस बार आपको छोड़ रहा हूँ। इसके जवाब में उनका एक कार्ड आया, जिस पर सिर्फ इतना लिखा था—शाबाश पट्ठे!

मैंने अपने बुजुर्ग लेखकों के बारे में लिखा। जिन्हें कुछ बुरा लगा हो, क्षमा करें।

इनके सिवा मेरे साथ लिखना शुरू करनेवाले या मुझसे कुछ पहले या कुछ बाद ऐसे सैकड़ों लेखक हैं, जिनके-मेरे नजदीकी सम्बन्ध हैं। मैं स्वभाव से बहुत मिलने-जुलनेवाला आदमी हूँ। मेरे सम्बन्ध सैकड़ों राजनीतिज्ञों, समाजसेवकों, आन्दोलनकारियों से हैं। भगवद्भक्तों से भी मेरे सम्बन्ध हैं, व्यापारियों से भी, सजायाफ्ता लोगों से भी।

मेरे बाद की और उसके भी बाद की ताजा, तेजस्वी, तरुण पीढ़ी से भी मेरे सम्बन्ध हैं। नए से नए लेखक के साथ मेरी दोस्ती है। मैं जानता हूँ, इनमें से कुछ कॉफी हाउस में बैठकर कॉफी के कप में सिगरेट बुझाते हुए कविता, कविता और कविता की बात करते हैं। मैं इन तरुणों से कहता हूँ कि अपने बुजुर्गों की तरह अपनी दुनिया को छोटी मत करो। यह मत भूलो कि इन बुजुर्ग साहित्यकारों में अनेक ने अपनी जिन्दगी के सबसे अच्छे वर्ष जेल में गुजारे। बालकृष्ण शर्मा 'नवीन', माखनलाल चतुर्वेदी तथा दर्जनों ऐसे कवि थे। वे ब्रिटिश साम्राज्यवाद से लड़े। रामप्रसाद 'बिस्मिल' और अशफाक उल्ला खाँ, जो फाँसी चढ़े, कवि थे। लेखक को कुछ हद तक 'एक्टिविस्ट' भी होना चाहिए। सुब्रह्मण्यम भारती कवि और 'एक्टिविस्ट' थे। दूसरी बात यह कि कितने ही अन्तर्विरोधों से ग्रस्त है यह

विशाल देश, और कोई देश अब अकेले अपनी नियति तय नहीं कर सकता। सबकुछ अन्तर्राष्ट्रीय हो गया है। ऐसे में देश और दुनिया से जुड़े बिना, एक कोने में बैठे कविता और कहानी में ही डूबे रहोगे, तो निकम्मे, घोंचू, बौड़म हो जाओगे।

'मेरे समकालीन' जो यह लेख और चरित्रमाला लिखने की योजना है, तो सवाल है—'मेरे समकालीन' कौन? क्या सिर्फ लेखक? डाक्टर के समकालीन डाक्टर और चमार के समकालीन चमार। इसी तरह लेखक के समकालीन क्या सिर्फ लेखक? नहीं। जिस पानवाले के ठेले पर मैं लगातार 25-30 वर्ष रोज बैठता रहा हूँ वह पानवाला मित्र भी मेरा समकालीन है। अपने मुहल्ले का वह रिक्शावाला जो मुझे 25-30 साल ढोता रहा है, वह भी मेरा समकालीन है। जिस नाई से 30 साल दाढ़ी बनवाता रहा, बाल कटवाता रहा और घंटों गपशप करता रहा, वह भी मेरा समकालीन है। मेरे 'घर' में काम करनेवाले ढीमर को मैं, लम्बे दौरों पर जाता तो, घर की एक चाबी दे जाता। वह मेरी डाक सँभालकर रखता। घर साफ करता। लोगों को मेरी तरफ से जवाब देता, वह भी मेरा समकालीन है। हम सब साथ-साथ बढ़े हैं। सहयोगी रहे हैं। एक-दूसरे की मदद की है। साथ ही विकास किया है।

तो लेखकों, बुद्धिजीवी मित्रों के सिवा ये 'छोटे' कहलानेवाले लोग भी मेरे समकालीन हैं। मैं इन पर भी लिखूँगा।

कल जो हमने बातें की थीं

श्रीकांत वर्मा के विषय में लिखना मेरे लिए बहुत कठिन है। इसी तरह मुक्तिबोध जी की मृत्यु के बाद तब लिखना कठिन था। हमारे सम्बन्ध शुरू तो साहित्य के बहाने हुए थे, पर आगे चलकर ये सम्बन्ध वैयक्तिक मित्रता के हो गए। श्रीकांत और मैं मुक्तिबोध के बहुत निकट थे और हम दोनों ने उनसे बहुत सीखा था। पर सम्बन्ध विशिष्ट थे। हम कभी वह नहीं करते थे, जिसे 'शॉप टाकिंग' (दुकानदारी की बात) कहते हैं। जब भी मैं श्रीकांत या मुक्तिबोध के साथ बैठता या हम तीनों साथ होते, दुनिया-भर की बातें होतीं, पर साहित्य की सबसे कम। भोपाल में एक पूरी रात हम लोगों ने चाय पी-पीकर सड़क चलते हुए बातें करते गुजार दी। मुक्तिबोध ने लिखा भी है—

कल जो हमने बातें की थीं
बात बात में रातें की थीं

मुक्तिबोध ने जो एक टिप्पणी 'नया खून' में मुझ पर लिखी थी, तब उनसे मेरा परिचय नहीं था। साल-भर बाद भेंट और आत्मीयता हुई। मगर इसके बाद मुक्तिबोध ने कभी मेरे बारे में न एक पंक्ति लिखी, न मैंने उनकी मृत्युपर्यंत उनके बारे में एक भी पंक्ति लिखी। श्रीकांत ने मित्रता होने के बाद मेरे बारे में एक पंक्ति भी नहीं लिखी, और न मैंने उनके बारे में एक पंक्ति लिखी। मृत्यु के बाद मैंने मुक्तिबोध पर दो लेख लिखे। और

कल जो हमने बातें की थीं

अब मैं श्रीकांत के बारे में मृत्यु के बाद पहली बार यह लिखने बैठा हूँ। मेरी किस्मत में मित्रों का तर्पण करना ही है।

मैं श्रीकांत के साहित्य का मूल्यांकन करने नहीं बैठा हूँ। आलसी बुद्धिमानों ने साहित्य के मूल्यांकन का इतना सरलीकरण कर दिया है कि उसे पढ़कर हँसी आती है और याद आता है—

सूर सूर तुलसी ससी, उडुगन केसवदास।
अब के कवि खद्योत सम, जहँ-तहँ करहिं प्रकास॥

श्रीकांत के साथ यही हुआ। और श्रीकांत ने भी चौंकानेवाले एक-एक वाक्य के निर्णायक फतवे दिए, जैसे—प्रगतिशील आलोचना गैंगस्टेरिज़्म है।

अगर किसी को शुरू में ही 'प्रगतिवादी' तय कर दिया, तो उसकी रचना पर लेख लिखने की जरूरत ही नहीं है—मगर लिखे जाते हैं। किसी को 'प्रतिक्रियावादी' घोषित कर दिया गया, तो उसकी रचना पर आगे एक वाक्य भी लिखने की जरूरत नहीं है—मगर लम्बे लेख फिर भी लिखे जाते हैं।

श्रीकांत से मेरी मित्रता 1954 में हुई और मैं 1986 तक उनका घनिष्ठ मित्र रहा। न्यूयार्क जाने के तीन दिन पहले सोमदत्त ने भोपाल से फोन पर कहा कि कल मैं दिल्ली में था और श्रीकांत जी से मिला था। उन्हें भोजन की नली में कैंसर हो गया है। पन्द्रह दिन पहले ही मुझे श्रीकांत का लम्बा पत्र मिला था, जिसमें उन्होंने अपनी तब की राजनैतिक स्थिति के हिसाब से काफी उद्वेग से लिखा था—इस देश की राजनीति अपराधी गिरोहों के हाथों में आ गई है। तरह-तरह के 'माफिया' इसे चला रहे हैं। पत्र में बीमारी का कोई जिक्र नहीं था।

मैंने दिल्ली फोन लगाया। श्रीकांत ने पहले ही मुझसे पूछा—आपकी तबियत कैसी है? श्रीकांत को मित्रों की चिन्ता हमेशा रही। श्रीकांत में बहुत आत्मीयता थी। मित्रों की हमेशा चिन्ता करते थे। ऊपर से कटु और 'एरोगेंट' लगनेवाला यह आदमी भीतर बहुत-बहुत कोमल था।

श्रीकांत की आवाज ज्यादा गिरी हुई नहीं थी। कहा—हफ्ता-भर पहले ही कैंसर का पता चला। आरम्भिक स्टेज में है। ऑपरेशन यहाँ भी हो सकता है। पर मैं न्यूयार्क जा रहा हूँ। ठीक होकर कुछ दिन दिल्ली रहकर जबलपुर आऊँगा। वहाँ रहूँगा। श्रीकांत साल-भर में तीन-चार बार

मुझे लिख चुके थे कि यहाँ के जानलेवा वातावरण से घबड़ा गया हूँ। चुपचाप कुछ दिनों के लिए जबलपुर आकर रहूँगा। मैं जानता था, दल की राजनीति के 'गलाकाटू' संघर्ष से कवि घबड़ा गया है, असुरक्षित है, हालाँकि दल का महासचिव और प्रवक्ता है।

1954 में नागपुर में जबलपुर के पत्रकार मित्र रामकृष्ण श्रीवास्तव ने मेरी मुलाकात श्रीकांत से कराई थी। तब मेरा परिचय मुक्तिबोध जी से नहीं था, जो नागपुर में ही थे। श्रीकांत की उनसे मुलाकात थी। मैं तो गया था माध्यमिक शिक्षक संघ के वार्षिक अधिवेशन में। तब मैं गुरुओं की ट्रेड यूनियन बनाने में लगा था। कार्यकारिणी की बैठक के बाद कमरे से बाहर निकला तो रामकृष्ण ने परिचय कराया—ये श्रीकांत वर्मा। छोटे कद का, दुबला युवक। चेहरे पर कुछ पीलापन-सा, आवाज में कर्रापन! तब श्रीकांत बिलासपुर में माध्यमिक विद्यालय में अध्यापक थे। 'नई दिशा' निकालने की योजना बना रहे थे। कुल दो दिन साथ रहा। श्रीकांत ने तीन कविताएँ सुनाईं, जिनमें एक का शीर्षक मुझे अब तक याद है—'पठार का तीतर'। मैं श्रीकांत से उम्र में छह साल बड़ा हूँ और तब तक बहुत लिख चुका था और मशहूर भी हो चुका था। श्रीकांत की तीन कविताओं से ही मैं समझ गया था कि यह कवि नए कवियों की भीड़ से अलग है। यह निराली धारदार भाषा बनाता है। इसकी मूल भावभूमि है—गर्मी से जलते हुए सूखे पठार पर तीतर की तड़प।

महत्त्वाकांक्षी है श्रीकांत, यह तभी समझ में आ गया था। यह अपना रास्ता नया बनाने की तपस्या करेगा। यह दूसरे क्षेत्रीय कवियों की तरह कवि-सम्मेलनों में कविता पढ़कर सन्तुष्ट नहीं होगा। बिलासपुर इसे 'कंटेन' नहीं कर सकेगा। रहा तो खत्म हो जाएगा। श्रीकांत, मुक्तिबोध और मुझसे भिन्न था। हम दोनों कसबे में रहकर भी अपना काम कर लेते थे और उससे बहुत आकांक्षा भी नहीं रखते थे। श्रीकांत को विराटता चाहिए थी स्तर की ओर 'स्पेस' की। अभिव्यक्ति की उत्कटता उसमें विकट थी। बेचैन था। छटपटाता था। वह 'स्माल टॉक' तब भी नहीं करता था। चिन्तनशील युवा था। आगे उसकी चिन्ता का दायरा बढ़ा और ऊँचा हुआ।

'नई दिशा' के तीन अंक निकालकर श्रीकांत दिल्ली चले गए। नागपुर में नरेश मेहता से, जो रेडियो पर मुलाजिम थे, अच्छा परिचय हो

चुका था। नरेश मेहता के चचेरे भाई नंदकिशोर भट्ट तब 'इंटक' के कार्यालय-सचिव थे। श्रीकांत को वहाँ कुछ काम मिल गया था। रहते थे सांसद मिनी माता के नॉर्थ एवेन्यू स्थित फ्लैट में। मिनी माता और श्रीकांत के परिवार में अच्छे सम्बन्ध थे और वे उसे घर के नाम 'बच्चू' से ही सम्बोधित करती थीं। मैं भी मिनी माता के यहाँ ठहरता था।

यह जानना जरूरी है कि जब श्रीकांत को बी.ए. करके ही स्कूल मास्टरी करनी पड़ी, तब उनके परिवार की आर्थिक हालत खराब हो चुकी थी। श्रीकांत के छोटे भाई थे। श्रीकांत पर परिवार की कुछ जिम्मेदारी भी आ पड़ी थी। मैं उनके घर गया था। वह सम्पन्न वकील का नहीं, गरीब आदमी का घर था। मरम्मत भी नहीं हुई थी। एक तो परिवार की जिम्मेदारी, दूसरे निम्न-मध्यम वर्ग के संघर्ष, तीसरे श्रीकांत की उत्कट महत्त्वाकांक्षा और रचनात्मक ऊर्जा—इस स्थिति में श्रीकांत दिल्ली गए। श्रीकांत की प्रकृति साफगोई की थी। वह बेखटके अपनी बात कह देता था, चाहे वह किसी के लिए कितनी ही कटु हो। श्रीकांत के रिमार्क अपमानजनक तक होते थे। आगे चलकर वे 'एरोगेंट' ही कहलाने लगे। कई लोगों ने बाद में जब वे 'दिनमान' में और राजनीति में जम गए, मुझसे कहा—आपके ये श्रीकांत जी बहुत 'एरोगेंट' हैं। मैंने श्रीकांत से शिकायत भी की कि तुम खामख्वाह लोगों को क्यों चोट पहुँचाते हो। श्रीकांत का जवाब ध्यान देने लायक है—जो शिकायत करते हैं उन्हें आप जानते हैं न! वे ही खोखले मगर 'एरोगेंट' हैं। ये क्रूर हैं, अमानवीय हैं। ये गर्दिश में पड़े आदमी का उपहास करते हैं। उसे तिरस्कार के योग्य जानवर समझते हैं। मेरे आरम्भिक संकट और संघर्ष के दिनों में इन्होंने मुझे मध्यप्रदेश से आया हुआ एक बकरा समझा। खूब सताया। छोटे-छोटे काम लेकर दाल-रोटी का इन्तजाम करता था। उसमें ये अड़ंगा डालते थे। इनकी चीते की नैतिकता है। बकरा खाते हैं और नाले का पानी पीकर सो जाते हैं। जब तक आप खुद चीता न हो जाएँ, ये आपको बकरे की तरह खाते हैं। इन्होंने मेरा गोश्त खाया है। इनसे निभाने के लिए खुद चीता बनकर इनकी बिरादरी में शामिल होना पड़ता है। मगर मैं चीता नहीं हुआ। मैं हिंसक पशु नहीं हूँ। मैंने कड़ी मेहनत की और बन्दूक हाथ में ले ली। मैं इनसे बदला लेता हूँ। मेरी बन्दूक के छर्रे घुसते हैं, तो

तड़पते हैं। उस दिन ऐसे ही एक बड़े लेखक के बारे में सबके सामने कह दिया—यह तो साहित्य का गधा है। ईंटें ढोता है और समझता है कि काव्य-रचना करता है।

'माया दर्पण' तथा उसके आसपास की कविताओं को समझने के लिए यह ध्यान में रखना चाहिए।

और ध्यान में रखने चाहिए उन पाँच-छह वर्षों के संघर्ष। एक पीला-सा अर्द्ध-रेशमी कुरता और पाजामा बाहर जाने की पोशाक थी। गर्म कपड़े नहीं के बराबर। दिल्ली की ठंड में ठीक-ठाक रजाई भी नहीं थी। खाने का ठिकाना नहीं। जहाँ जाते, निराशा हाथ लगती थी। अपमान बरदाश्त करना प्रकृति में नहीं था। स्वास्थ्य श्रीकांत का कभी पूरी तरह अच्छा नहीं रहा। तब तो और कमजोर हो गया था। पर विकट जीवनी-शक्ति थी। वह दिल्ली हारने नहीं आया था। वह बहुत अध्ययन करता था। साथ ही अपनी एक अलग तेज धारदार भाषा बना रहा था। ऐसी भाषा बनाना ही बड़ी तपस्या की बात है। इस भाषा की नकल कोई नहीं कर सकता। इसका प्रयोग करना खतरनाक है। वह भाषा श्रीकांत के साथ ही चली गई।

एक दिन मिनी माता ने मुझसे कहा—परसाई जी, इस बच्चू की नौकरी यहाँ नहीं लग रही है, तो इसे आप मध्यप्रदेश ही ले जाइए। यहाँ बैठा-बैठा खीजता है, सबकी बुराई करता है। मैंने कहा, रे बच्चू, तू अपनी गठरी खोलकर तो देख। मैंने कहा—माता जी, श्रीकांत नौकरी करने दिल्ली आया ही नहीं। वह इससे बहुत ऊँची इच्छा लेकर आया है।

श्रीकांत ने तब अपना बौद्धिक आतंक जमा लिया था। कवि भी विशिष्ट हो गया था। वह चाहता तो अकवियों का नेता हो सकता था, पर नहीं हुआ। अकवि का सारा आक्रोश 'सेक्स' पर उतरता था। मगर श्रीकांत का आक्रोश पूरी व्यवस्था की क्रूरता के प्रति था और बदले में वह भी क्रूर हो गया था।

अकवियों के 'सेक्स'-आक्रोश और श्रीकांत की इन पंक्तियों में बड़ा फर्क है—

> क्या बागडोर दे दूँ वेश्याओं के हाथ में?
> क्या चिड़ियों को फुर्र से उड़ा दूँ?
> क्या समय को कवि से, कवि को समय से लड़ा दूँ?

उसके लेखन में 'सेक्स' का आक्रोश बहुत ही कम है। 'माया दर्पण' की कविताओं को समझने के लिए यह सब भी ध्यान में रखना जरूरी है।

उसके पहले काव्य संग्रह 'भटका मेघ' में 'इनोसेंट' प्रगतिशील की कविताएँ हैं। यह समझ उसमें अपने जीवन-संघर्ष और मुक्तिबोध से बातचीत के जरिए आई थी। कोई जटिलता नहीं थी। एक सरल पक्षधरता थी। 1962 में जब श्रीकांत जबलपुर आए थे, तब उनके हाथ में मार्क्स की 'पूँजी' का पहला भाग था। 'भटका मेघ' इसके पहले प्रकाशित हो चुका था। अब वे गम्भीरता से मार्क्सवाद का अध्ययन कर रहे थे।

श्रीकांत ने 'दिनमान' में नौकरी कर ली। मुझसे कहा—मजबूर होकर मैंने नौकरी कर ली। नौकरी नहीं करता तो टूटकर पूरी तरह नष्ट हो जाता। जब नौकरी कर ली है, तो शादी भी कर लूँगा।

शादी करके श्रीकांत ने अच्छा किया, वरना दूसरी तरह से टूटते। वीणा जी ने इस असामान्य आदमी को बहुत सँभाला।

राजनीति में पहले श्रीकांत डॉ. राममनोहर लोहिया के प्रभाव में आए। लोहिया की 'फ्रीलांस क्रांतिकारिता' और गम्भीरता से किए जानेवाले राजनैतिक कर्मों का लुभावना रूमानी अंदाज बहुत लोगों को तब आकर्षित करता था। हर उपद्रव को क्रांति-कर्म मान लेना सहज ही आदमी को क्रांतिकारी होने का अहंकार देता था। तीव्र मेधावाले चिन्तक लोहिया ने कोई सिलसिलेवार आन्दोलन नहीं चलाया। चौंकाते रहे। एक पुस्तिका तब लोहिया-भक्त खूब पढ़ते थे—'पच्चीस हजार रुपए रोज—जवाहरलाल नेहरू पर खर्च।' मैंने श्रीकांत से कहा—मैं शासन में कम-खर्ची का हिमायती हूँ। मगर ये पच्चीस हजार रुपए जवाहरलाल पर नहीं, प्रधानमंत्री पर खर्च होते हैं। हर देश के प्रधानमंत्री पर खर्च होते हैं। मगर लोहिया प्रधानमंत्री हुए तो यह खर्च तीस हजार रुपए भी हो सकता है।

लोहिया के वर्ण-संघर्ष के सिद्धांत पर भी श्रीकांत से मेरी खूब बातें होती थीं। मैं कहता था—यह माना कि भारतीय समाज में जितने 'कंट्रैडिक्शंस' हैं, उतने दुनिया के किसी समाज में नहीं। दास-प्रथा लगभग सब सभ्यताओं में थी, मगर अस्पृश्यता सिर्फ भारत में रही और है। मगर वर्ण-संघर्ष की बात करना, सच्चे संघर्ष से विमुख करना है। तुम मुझे बताओ कि जगजीवनराम का कौन-सा वर्ण और वर्ग है? सार्वजनिक रूप से

जनेऊ तोड़कर फेंकना क्या वर्ण और वर्ग मिटा देगा? यह एक नाटक है। लोहिया समाजवादी संघर्ष को बहुत नुकसान पहुँचा रहे हैं। वर्ग-विभाजन में अड़ंगा डालते हैं।

एक बात मुझे पहले बता देनी चाहिए थी। 1956 से 1958 तक हमने जबलपुर से 'वसुधा' मासिक निकाली। इसमें मुक्तिबोध और श्रीकांत दोनों पूरी तरह साथ थे। 'वसुधा' इन्हीं की पत्रिका थी। मुक्तिबोध ने 'एक साहित्यिक की डायरी' 'वसुधा' में ही लगातार लिखी। श्रीकांत 'कलम की दिशा' स्तंभ लिखते थे 'समुद्रगुप्त' उपनाम से। 'वसुधा' की फाइल जिनके पास हो वे देखें कि मुक्तिबोध और श्रीकांत के विचारों में कोई फर्क नहीं है। जब श्रीकांत ने वे कविताएँ लिखीं जोमाया दर्पण' में हैं, तो मुक्तिबोध चौंके, क्षुब्ध हुए और चिट्ठियाँ लिखीं। एक पत्र में लिखा—मेरे छत्तीसगढ़ के इस प्यारे कवि को क्या हो गया है।

श्रीकांत में राजनैतिक महत्त्वाकांक्षा जाग चुकी थी। लोहिया से मोहभंग हो चुका था। 1969 के कांग्रेस-विभाजन के बाद वे इंदिरा कांग्रेस की तरफ आए। दो कारण थे—एक तो यह कि 'माया दर्पण', 'दिनारंभ' और 'जलसाघर' के दौर के बाद वे कविता लिख नहीं सकते थे। आगे लिखने के लिए बहुत आन्तरिक संघर्ष करना पड़ता, जो कई साल किया और तब 'मगध' की कविताएँ लिखी गईं। सन् 1970 के आसपास श्रीकांत के भीतर काव्य के नाम पर शून्य था। राजनीति में जाकर सार्थकताबोध करना और व्यक्तित्व को बनाए रखना तब उन्हें जरूरी लगा। दूसरे श्रीकांत जिम्मेदार आदमी थे। वे दायित्वबोध रखते थे। वे आस्थाहीन नहीं, आस्थावान थे। उनकी चिन्ता व्यापक और गहरी थी। वे विश्व-मानवता के बारे में सोचते थे। मनुष्य की नियति उनकी चिन्ता थी। इस चिन्ता ने भी उन्हें कांग्रेस में सक्रिय किया। पर तब उनके सम्बन्ध यूरोप और अमेरिका के उन कवियों से हुए, जो लोकतांत्रिक और मानवतावादी तो थे, पर मार्क्सवादी नहीं थे। वे सोवियत व्यवस्था के खिलाफ थे। वे 'फ्रीडम ऑफ ह्यूमेन स्पिरिट' जैसे जुमलों का प्रयोग करते थे। इनमें ऑक्टोवियो पाज़ से श्रीकांत की विशेष घनिष्ठता थी। ऑक्टोवियो पाज़ ने नेहरू-स्मृति व्याख्यान में कहा था—'जब हिरोशिमा पर एटम बम गिरा और दूसरा महायुद्ध खत्म हुआ, तब हम युवा थे। तब हमारी आशा के सबसे बड़े केन्द्र

जवाहरलाल नेहरू थे। वे भविष्य की आशा थे।' इन कवियों से सम्बन्ध ने श्रीकांत को पश्चिम भेजा, उनका दायरा अन्तर्राष्ट्रीय किया।

श्रीकांत राज्यसभा के सदस्य हुए। वे राज्य से नहीं, नम्बर एक सफदरजंग से आए हुए राजनेता थे। आगे जब वे पार्टी-संगठन में अधिक सक्रिय हुए और 'दादा' लोगों की कारगुजारियों की शिकायत करने लगे, तो मैंने उनसे कहा था—जिसकी किसी राज्य में बुनियाद नहीं है, वह दिल्ली में नहीं लड़ सकता। तुम्हारी मध्यप्रदेश में ही कोई बुनियाद नहीं है। तुम्हारी पार्टी में विकट 'यूथपति' हैं, जो इस जेब में विधायक और उस जेब में संसद सदस्य रखते हैं। इनकी प्राइवेट फौजें हैं। ये तुम्हें उखाड़ेंगे और केवल बुद्धि-कौशल तथा प्रधानमंत्री से निकटता के दम पर तुम कैसे इन दैत्यों से लड़ सकोगे।

दूसरी दुनिया, समाजवादी दुनिया के अनुभव श्रीकांत को तब हुए जब वे अपनी पार्टी के महासचिव की हैसियत से रूसी कम्युनिस्ट पार्टी के सम्पर्क में आए और अक्सर मास्को जाने लगे। वे इसी हैसियत से विश्व-शान्ति परिषद के अध्यक्ष मंडल की बैठक में भाग लेने मास्को गए थे। रूस भी घूमे। मास्को से मुझे पत्र लिखा, बहुत भावुक। लिखा कि पुश्किन के घर गया था। भाव-विभोर हो गया। लगा, मैं कितना छोटा, कितना क्षुद्र हूँ। मैंने लिखा—तुमने रूस की सामाजिक व्यवस्था भी कुछ समझी होगी। उसके बारे में बताओ। श्रीकांत ने इसका जवाब नहीं दिया। उनकी पार्टी की नीति है कि सोवियत सरकार से अच्छे सम्बन्ध रखो, मगर सोवियत व्यवस्था की तारीफ मत करो और उसे भारत में लोकप्रिय मत होने दो।

श्रीकांत ने अपनी पार्टी के महासचिव का काम बहुत ठाठ से किया। बहुत दम से, दबंगपन से। पर 'यूथपति' उसे निगल गए। पी.यू.सी.एल. तथा पी.यू.डी.आर. से श्रीकांत खूब लड़े। मैंने तब उन्हें लिखा था—प्रो. के.के. तिवारी और तुमने बहुत दम से बहुत सही लड़ाई की इन संगठनों के खिलाफ। मगर तुम्हारे पद से हटाए जाने का तात्कालिक कारण भी शायद यही लड़ाई हुई। भूमिका तो पहले से थी।

श्रीकांत ने जवाब में लिखा था कि गिरोह मुझे फिलहाल लिटा गए। पर मैं एक बार फिर उठूँगा और इन्हें अपनी ताकत बता दूँगा। इसी पत्र में उन्होंने लिखा था कि राजनीति अपराधी गिरोहों के हाथों में चली गई है।

मेरा यह हाल है कि कोई कांग्रेसी मुझसे मिलने नहीं आता, इस डर से कि उसका नाम 'ब्लैकलिस्ट' में आ जाएगा। बिलकुल अकेला बैठा रहता हूँ, वहाँ जहाँ घिरा रहता था। जिसे 'केरीअर पालिटिशियन' कहते हैं, वह श्रीकांत होता, तो धूल झाड़कर फिर षड्यंत्र में लग जाता। पर वह कवि था मूल रूप से। संवेदनशील था। वह टूट गया।

तभी डाक्टरों ने कैंसर का पता लगाया।

मेरे और श्रीकांत के घनिष्ठता के बावजूद वैचारिक मतभेद थे। इसकी खुली घोषणा श्रीकांत भी करते थे और मैं भी करता था। कहीं कोई समझौता नहीं था मान्यताओं के मामले में। मेरा कहना यह है कि श्रीकांत पर निर्णय उनके उड़ते-उड़ते दिए गए रिमार्कों और राजनीति की जरूरत के दबाव में दिए गए वक्तव्यों से नहीं देना चाहिए। उनकी रचनाओं का मूल्यांकन उन रचनाओं से ही होना चाहिए—उनके बयानों और राजनैतिक कर्मों से नहीं। इसका मतलब यह नहीं है कि मैं दुहरी प्रतिबद्धता या दुहरी नैतिक स्थिति का समर्थक हूँ। कतई नहीं। मैं इसका घोर विरोधी हूँ। पर श्रीकांत के उड़ते रिमार्कों को मैं वक्ती 'मूड' के और 'नॉन-सीरियस' मानता हूँ। श्रीकांत अब निन्दा-स्तुति की परिधि के बाहर हैं। बाईस साल पहले हम दोनों ने मुक्तिबोध को खोया। मैंने अब श्रीकांत को भी खो दिया।

खूब प्याली है मगर खाली है

यह एक विडंबना है कि जो मेरे समकालीन रहे, मेरे साथ बैठते रहे, साहित्य-चर्चा करते रहे, उदास होते रहे और अट्टहास करते रहे, वे इतिहास के व्यक्तित्व हो गए—कुछ तो केवल स्थानीय इतिहास के। आज उन जीवंत व्यक्तियों को याद करता हूँ तो लगता है कोई पुरानी फिल्म देख रहा हूँ।

मैंने जब लिखना शुरू ही किया था, तब मैंने जाना कि नगर में एक कवि केशव प्रसाद पाठक हैं, जिनकी प्रतिभा और ज्ञान का आतंक है। साथ ही यह भी सुना कि वे यह नहीं कहते—सुनो, मैं कविता पढ़ रहा हूँ। कहते हैं—सुनो, केशव पाठक कविता पढ़ रहा है। वे अपने को मैं नहीं, केशव पाठक कहते थे। यह फ़िराक़ गोरखपुरी का भी अंदाज था—सुनो, फ़िराक़ गजल कह रहा है। इन अभिव्यक्तियों में आत्मविश्वास से अहंकार मिला होता है।

वह छायावाद-रहस्यवाद का चरमोत्थान-काल था और साथ ही नई कविता इस रंगीन जाल को काट रही थी। प्रयोगवादी और यथार्थवादी कवि भी उत्थान पर थे, मगर वे मंच पर नहीं आते थे। प्रगतिशील कवि थे, जो बहिर्मुखी होते थे और उत्तेजक काव्य लिखते थे। रामकृष्ण श्रीवास्तव की ऐसी कविताएँ मंच पर खूब चलती थीं—

पौरुष का पिट गया दिवाला, और नहीं तो इतना जुल्म,
प्रजातंत्र में, बोलो कौन सहेगा साला!

मैंने एक–दो बार कवि–सम्मेलनों में भवानी प्रसाद तिवारी, नर्मदा प्रसाद खरे के साथ उन्हें सुना। एक बार देखा पाठक जी शराब के नशे में झूमते हुए मंच पर चढ़ रहे हैं और भवानी प्रसाद तिवारी चिल्ला उठे हैं—लो बादशाह आ गया। पाठक जी मंच पर बैठे। माइक की तरफ देखा। बोले—कौन पढ़ रहा है? पढ़नेवाला सकपका गया। पाठक जी बोले—अरे बैठो, केशव पाठक पढ़ेगा। वे पढ़ने लगते और लोग वाह! वाह! करते झूमने लगते।

ऐसा दबदबा और ऐसा आदर था पाठक जी का। वे कह देते कि सारे श्रोता बेवकूफ हैं, तो भी लोग बुरा नहीं मानते थे। कहते थे—'भई, वे पाठक जी हैं। उनकी कविता सुनो।' तब कवि को कवि–सम्मेलन का इम्तहान पास करना पड़ता था। इसके लिए जरूरी था, एक तो सुरीला कंठ। सुरीले कंठ से कवि मूर्खता भी गा देता तो वाह–वाह पा जाता। फिर रूमानी काव्य। सजनी, सखिवाला। इसे भी गाए बिना दाद नहीं मिलती थी। फिर विरह, कशिश, हताशा, आत्मघाती प्रवृत्ति की कविताएँ, सुरीले कंठ से अदा के साथ गाई जातीं तो श्रोता मुग्ध होते और नारियों के हृदय का स्पंदन बढ़ जाता। ये कवि बदहवासी की सजधज भी करते थे। कुछ कवि तो मंच पर जाने के पहले बाल सँवारते हैं। पर मैंने ऐसे कवि देखे हैं जो आईने के सामने खड़े होकर सँवरे हुए बालों को बिखेरते थे। कभी बेहद लोकप्रिय कवि नीरज को मैंने बाल बिखराते और बदहवासी का भाव धारण करते देखा है। फिर मंच पर वे 'मेरी डोली उठ रही है' तथा 'कारवाँ गुजर गया' और दूसरी 'मरघटी' कविताएँ गाते थे, मुग्धाएँ गिनते थे। जवान और अति सुन्दर, अद्‌भुत कंठ–क्षमतावाले कवि मेघ वर्मा मुकुल ने राजस्थानी गीत गाकर स्वर को ऐसा तान दिया कि उनके बाद पढ़नेवाले कवि चौपट हो गए। गम्भीर तत्त्वोंवाले काव्य के श्रोता कम थे। पर पाठक जी अकेले थे जो अपने श्रेष्ठ काव्य को स्वरों के झंझावात के ऊपर उठाकर सुनाते थे और श्रोता मुग्ध होते थे।

एक रहस्यवादी गीत वे लय के साथ अक्सर सुनाते थे, जिसके दो पद दे रहा हूँ—

> कौन गाता? कौन गाता?
> सहज स्वर संगम हृदय के बोल जैसे घुल रहे हैं
> शब्द जिनके अर्थ पहली बार जैसे खुल रहे हैं
> दूर रहकर पास का ये जोड़ता है कौन नाता?

कौन गाता ?
हे चिरंतन! ठहर कुछ क्षण शिथिल कर ये मर्म बंधन
देख लूँ भर-भर नयन जन, वन, सुमन, उड्गन, किरन, घन
जानता अभिसार का चिर मिलन पल मुझको बुलाता,
कौन गाता ?

पाठक जी तब बी. ए. थे। पर अध्ययन बहुत था। अँगरेजी रोमांटिक कवियों का गहरा अध्ययन था। रवींद्रनाथ ठाकुर का अध्ययन और प्रभाव था। सूफीवाद का प्रभाव था। बहुत मेधावान थे। मौलवी के पास उर्दू पढ़ने कुछ महीने गए और फिर मौलवी को ही पढ़ाने लगे। स्थानीय कॉलेज के एक अध्यापक तो एम.ए. के छात्रों से कह देते थे कि जयशंकर प्रसाद का काव्य 'आँसू' पाठक जी से समझ लो। एक और कविता—

अभी निस्तब्ध निशा के तरल
रुपहले प्रहर दोल पर झूल
शान्ति का सुन नीरव संगीत
गई पल-भर अपने को भूल
सुरभि की अतिशयता में शिथिल
भव्य धूमिल मन्दिर का नाद
कर गया सस्वर लघुक्षण एक
भर गया प्राणों में उन्माद
पिक उठा अमराई में बोल
बहा दक्षिण से मलय समीर
यूथिका के कुंजों से चला
कुसुमधन्वा का सुरभित तीर
आह! तन्मयता की वह प्रात
हो रहा था कुछ-कुछ उन्मेष
दे रहे थे प्राणों को प्राण
हृदय को हृदय अभी संदेश
अचानक सिहर उठे तुम और
छुड़ाकर मुझसे अपना हाथ
आह, निर्मम तुम तो चल दिए

प्रणय की प्रथम पुलक के साथ
सघन विभ्रम तम-पथ में स्फुरित
ज्योति की रेखा-से तुम एक
एक पल में ही जल-बुझ गए
कौन कब किसको पाया देख

'उमर खैयाम' की रुबाइयों के पाठक जी ने दो अनुवाद किए। दूसरे अनुवाद से रुबाई दे रहा हूँ। अँगरेजी अनुवाद फ़िड्ज़रॉल्ड का है—

एवेक! फार मार्निंग इन दी बाऊल
ऑफ नाइट
हैज़ फ्लंग दी स्टोन देट पुट्स दी स्टार्स टु फ्लाइट
एंड लो! दी हंटर ऑफ दी ईस्ट हैज़ फॉट दी
सुल्तान्स टरेट इन ए मूज़ ऑफ लाइट

पाठक जी का अनुवाद—

जाग! प्रात ने फेंका निशि के
पेय पात्र में अरुण उपल
नभ मंडल में मची खलबली
हिरन हो गया तारक दल
ये पूरबी शिकारी ने अपना फिर नीला फंदा फेंक
सुलतानी गुंबद को बाँधा, देख उठकर भी तू देख।

पाठक जी का और मेरा परिचय विचित्र ढंग से हुआ। मध्यप्रदेश हिन्दी साहित्य सम्मेलन के अध्यक्ष और प्रदेश के वित्तमंत्री ब्रजलाल बियाणी की उपस्थिति में बाबू रामानुजलाल श्रीवास्तव के घर पर साहित्य गोष्ठी थी। रामानुज बाबू ने मुझसे कहानी पढ़ने के लिए कहा। तब चलन था कि ऐसी गोष्ठियों में कविता ही पढ़ी जाती थी। पाठक जी 'मूड' में बोले—क्यों? कवि क्या सब मर गए? मैंने कहा—पाठक जी, कवि सब जीवित बैठे हैं पर गद्य को भी जिन्दा रहने का अधिकार है। वे चुप हो गए। मैंने कहानी पढ़ी। दूसरे दिन मिले तो बोले—रात को जो मैं कह गया था, उसका बुरा मत मानना। तुम बहुत अच्छा लिखते हो।

मैं उनके निकट होता गया। पाठक जी मझोले कद के थे। व्यक्तित्व में कोई विशेष आकर्षण नहीं था। पर जबान तेज थी। बहस खुद उठाते थे

और किसी की नहीं मानते थे। सुबह से शाम हो जाए, पर वे अपनी बात मनवाकर ही रहते थे। उनके परम मित्र बाबू रामानुजलाल श्रीवास्तव थे। वे इंडियन प्रेस की शाखा के प्रबन्धक थे। उच्चस्तरीय जीवन जीते थे। कवि और कहानीकार थे। हिन्दी, उर्दू, फारसी, अँगरेजी साहित्य के विद्वान थे। वे पाठक जी के हमदम और हम-प्याला थे। दोनों 'पेमा' पत्रिका निकालते थे। रामानुज बाबू संयत और संवेदनशील आदमी थे। वे पाठक जी को सँभालते थे।

छोटा शहर। कवि-सम्मेलनों में वाहवाही का माहौल। जल्दी यश-प्राप्ति। चारों तरफ जय-जयकार। जिधर निकल जाएँ लोग हाथ जोड़कर खड़े हैं। पाठक जी को इस अतिशय जय-जयकार और स्थानीयता ने नुकसान पहुँचाना शुरू कर दिया। वे अपने को सर्वोपरि और सर्वत्र मानने लगे। इसलिए कुछ नया सीखने को तैयार नहीं थे। यह वह वक्त था, जब पाठक जी में वह चेतना आनी थी, जो 'निराला' में आई थी। संवेदना व्यापक होनी थी, काव्य में विविधता आनी थी। पर वे इसमें असफल रहे। प्रयास ही नहीं किया। आत्मकेन्द्रित और आत्मबद्ध होकर रह गए। इतनी विकट प्रतिभा में अगर वह आ जाता जो 'निराला' में था तो कमाल हो जाता।

पाठक जी केवल काव्य के थे। न परिवार के, न धन्धे के, न नौकरी के। काव्य-मूल्य के सिवा उन्होंने सब मूल्य छोड़ दिए थे। नौकरी? केशव पाठक नौकरी नहीं करेगा। परिवार सम्पन्न था। पर जब वे अकेले रह गए, तब आर्थिक संकट आया। उनके पास शहर का सबसे अच्छा 'कर्मवीर' प्रेस था, पर लापरवाही और गैर-जिम्मेदारी के कारण वे उसे भी नहीं चला सके। उनके बड़े लड़के ने पढ़ाई छोड़कर नौकरी कर ली। उसकी कमाई से किसी तरह परिवार चलता था।

किसी भावनात्मक आघात को वे सँभाल नहीं पाए। असंयमी हो गए। इस दौर में उन्होंने कुछ कविताएँ लिखीं। इन पंक्तियों में पीड़ा के साथ आशा भी है—

गीत नित्य का गाना होगा
आज अकेले जाना होगा
गायक! चला गया है साथी
फिर भी आज कड़ी कर छाती

अलस प्राण में स्फूर्ति जगाती
अरुण प्रभाती का परिमल स्वर
अणु-अणु में भर लाना होगा
मानवता की सुख छाया में
दुख-शिशु को दुलराना होगा
गीत नित्य का गाना होगा
जय-स्तंभ दिन पर स्थापित कर
करुणा का गोधूलि अंचल
छेड़ रहा जयश्री के चिर स्वर
रात उन्हीं की प्रात जिन्होंने
संध्या को पहचाना होगा
मानवता की सुख-छाया में
दुख-शिशु को दुलराना होगा
आज अकेले जाना होगा।

पर यह आशा की किरण भी धीरे-धीरे चली गई और निराशा, व्यर्थता की चरम परिणति यों व्यक्त हुई—

मेरे इस उन्मन जीवन में
मादकता मकरंद नहीं है
तन्मयता अलि छन्द नहीं है
सुधि मलयानिल मंद नहीं है
अब इस उजड़े केलि सदन में
निठुर निराशा नर्तन करती
क्षण-क्षण इस उन्मन जीवन में
विगत में कहीं कांति नहीं है
वर्तमान में शान्ति नहीं है
क्या भविष्य जब भ्रांति नहीं है
क्रांति नहीं संसृति के रथ में
निठुर निराशा नर्तन करती
उड़ते-उड़ते से जीवन में
वैभव की वह प्यास नहीं है

खूब प्याली है मगर खाली है

उद्यम में उल्लास नहीं है
आज विजय में हास नहीं है
त्रास नहीं है अध:पतन में
निठुर निराशा नर्तन करती
अपने उजड़े केलि सदन में।

पाठक जी विश्व की स्थिति से बेखबर नहीं थे। दूसरा महायुद्ध, जापान पर अमेरिका द्वारा अणु बम गिराया जाना और गुटों, राष्ट्रों का परस्पर संघर्ष—मनुष्य की नियति के प्रति वे चिन्तित थे। उन्होंने 'विश्वशान्ति के मसीहा के प्रति' एक कविता लिखी जवाहरलाल नेहरू पर—

कौन बोला?
आज संसृति के शिखर से कौन बोला
प्रेम, करुणा, धर्म, ममता, ज्योति जड़ता में लपेटे
दुर्मुखी तंद्रिल तमिस्रा मृत्यु की चादर लपेटे
सृष्टि को ले सो रही थी, चेतना-सी खो रही थी
तिमिर छलनाएँ छिपाए चिरसजग षड्यंत्र का क्रम
हँस सहज फैला रही थीं तरल सपनों का सहज भ्रम
पूर्व में पहले प्रहर किसने सुबह का द्वार खोला
आज जागृति के शिखर से कौन बोला?

पाठक जी बीमार रहने लगे। वे इस तरफ से भी लापरवाह थे। सलाह किसी की मानते नहीं थे। जिद्दी थे। उन्हें मदद करनेवाले लोग थे। पर वे मानते किसी की नहीं थे। यह लगभग चालीस साल पहले की बात है। उस पीढ़ी के कुछ कवियों में आत्मघाती रूमानियत थी। सबमें नहीं। उर्दू कवियों में तो यह बहुत थी। लगभग हर शायर गरेबाँ तार-तार करता था, दयनीय होने में गौरव मानता था, मृत्यु की आकांक्षा से ग्रस्त रहता था। भोपाल का जानदार शायर 'ताज' भोपाली अपनी कब्र खोदता रहता था। पाठक जी में यह रूमानी मौत की आकांक्षा आ चुकी थी। मृत्यु के दो साल पहले उन्होंने एक लम्बी कविता लिखी। पहला पद है—

जीवन दान न दो...
दे-देकर वरदान और अब मेरे प्राण न लो
जीवन मूक धरा का कण-कण ही पर बिकते देखा

अणु-अणु जाना-बूझा बोलो कहाँ खींच दूँ रेखा
बस हो, मेरा ज्ञान मुझी को यों व्यवधान न हो

अन्तिम है—

आज धरा के श्री चरणों में मेरा नमन चढ़ेगा
कहते हैं काफिला यहाँ से आगे और बढ़ेगा
सब कुछ भूलूँ मुझसे मेरा अन्तिम गान न लो
जीवन दान न दो।

डाक्टरों ने पाठक जी को क्षय रोग घोषित कर दिया। पर वे तब भी लापरवाह रहे। दो क़ता जरूर लिखे—

जीस्त की नींव किसने डाली है
खूब पाली है मगर खाली है
मौत पर मैं निसार सौ-सौ बार
जिसने जिन्दा शराब ढाली है
बात पर बात ही निकल आई
वरना क्या मैं हूँ कोई सौदाई
जिन्दगी जिसपे जान देती है
मौत करती है वो मसीहाई

प्रदेश में छिंदवाड़ा में शासकीय सेनेटोरियम था। तब लेखकों को वे सुभीते सरकार नहीं देती थी, जो अब उपलब्ध हैं। कवि, राजनेता पंडित भवानी प्रसाद तिवारी तब शहर के मेयर थे। उन्होंने मुख्यमंत्री से फोन पर कहा। मुख्यमंत्री ने कलेक्टर के नाम इन्तजाम करने के लिए पत्र लिखा। नगर निगम की एम्बुलेंस में, मैं उन्हें लेकर छिंदवाड़ा गया। साथ में उनकी पत्नी और बड़ा बेटा थे।

सेनेटोरियम में भर्ती कराया। मैंने डाक्टर से बात की। डाक्टर ने कहा—कोई उम्मीद नहीं है। मैं लौट आया। दस-बारह दिन बाद पाठक जी का मृत शरीर लौट आया।

उनके अन्तिम कुछ वर्षों को याद करता हूँ तो यह शेर जबान पर आता है—

उम्र-भर जी के भी जीने का न अंदाज़ आया
जिन्दगी छोड़ दे पीछा मेरा मैं बाज़ आया।

जिसके कानों में हवा भर गई

मराठी कवि 'अनिल' ने एक कविता में कहा है कि गाय का बछड़ा जब पहली बार जंगल में चरने जाता है, और जब उसके कानों में जंगली हवा भर जाती है, तब वह कुलाँचे मारता हुआ झुंड से अलग भटक जाता है। 'प्रभात' उनमें से एक था, जिनके कानों में हवा भर जाती है और चरवाहे के डंडे के नीचे चलनेवाला खिरका बराबर परेशान रहता है कि इसे हो क्या गया। ढोरों का खिरका तो उस बिछुड़े को टेर लेता है, आदमी के खिरके का क्या भरोसा—टेरे न टेरे।

प्रभात कुमार तिवारी 'प्रभात' कवि था। वह मॉडल हाईस्कूल में पढ़ता था। अत्यन्त मेधावान और शरारती था। मैं देखता, शिक्षण महाविद्यालय से जो शिक्षक अभ्यास के लिए उसकी कक्षा में पढ़ाते, उन्हें वह तरह-तरह के सवाल करके बहुत तंग करता था। उसने बी.ए. किया। फिर एम.ए. इतिहास में। उसके पिता उसी स्कूल में अध्यापक थे। शिक्षा के बाद बेकारी। फिर कभी नौकरी और कभी बेकारी। भावुक, तनावयुक्त, महत्त्वाकांक्षी, आत्माभिमानी और विद्रोही।

'प्रभात' के कानों में हवा भर गई थी और वह लीक-लीक चलनेवाले और चरनेवाले खिरके से भटक गया था। प्रभात को एक धुन थी, जिसके लिए वह सब कुछ छोड़ चुका था। जिम्मेदारी, सम्बन्ध, यहाँ तक कि स्वास्थ्य की भी उसे परवाह नहीं रह गई थी। कविता लिखना,

कविता सुनाना; कविता के बारे में पढ़ना, बात करना, बहस करना—यही उसका काम था। शेष उसके लिए व्यर्थ था। जो इतने ऊँचे 'स्टेक' (दाँव) पर खेलते हैं, अपना सब कुछ एक ही दाँव पर लगा देते हैं, वे बड़ा खतरा उठाते हैं। जो अपने को बाँटकर कई दाँवों को खेलते हैं, वे एक दाँव हारने पर दूसरी के सहारे जी लेते हैं। उसने कविता के लिए स्वयं को भी नकार दिया था।

कई वर्ष जबलपुर की सड़कों पर प्रभात हमारे साथ घूमा है। होटलों में चाय पी है। ठेलों पर पान खाए हैं। गप्पें की हैं। उसने रुबाइयाँ सुनाई हैं। बहसें की हैं। हमने उसका तेज, उसका क्रोध, उसकी अराजकता, बेचैनी, तड़प, विनय और उद्धतता, सुख, दुःख, लाचारी, टूटन देखे। उसकी बुद्धि का चमत्कार देखा, छुरी-जैसी उसकी बातें सुनीं, अपने विश्वास के लिए उसे दुश्मन की तरह लड़ते देखा। 18 जुलाई, 1957 की शाम एक रेलगाड़ी के नीचे दबकर उसने आत्महत्या कर ली। वह एक पत्र लिखकर छोड़ गया था, दोस्तों के नाम। उसमें लिखा था—

'भूख, गरीबी, बेकारी के देश हिन्दोस्तान में यदि किसी गरीब कवि के लिए कोई सबसे बड़ा अपराध है तो उसकी कवि-सुलभ भावुकता। अमेरिका की बात तो मैं जानता भी नहीं, इसलिए कर भी नहीं सकता। वे मेरे साथी महान हैं, जो निरन्तर जूझते हुए आगे बढ़ रहे हैं। उन्हें मैं अन्तिम बार प्रणाम करता हूँ। वे मुझ कायर पर लानत भेजें। मैं भी अपनी मजबूरी के लिए अपने को धिक्कारता हूँ। अलविदा दोस्तो!'

उलझन यह है कि आत्महत्या उसने तब की जब एक माध्यमिक विद्यालय में उसकी पक्की नौकरी लग गई और वह एक साल का शिक्षकों के लिए प्रशिक्षण ले रहा था।

प्रभात कुछ ऐसा बेताब था कि युग के कारीगर के हाथ से फिसलकर पहले ही गिर गया। पूरा बनने से पहले। बेताबी, आतुरता, बेचैनी उसमें हमेशा ही रहती थी। वह तनाव, बड़े तनाव में जीता था। तार हमेशा कसे रहते थे। यह उसके हड़बड़ चलने में, आवेशमय वार्तालाप में, उठने-बैठने के तरीके में, असामान्य व्यवहार में प्रकट होता था। यह आक्रोश और आवेग उसकी कविता में उतरता था। बड़े आवेश में वह कविता-पाठ करता था। एक परिचित ने कहा भी था—प्रभात जी, आप

कविता पढ़ते हैं या लाठीचार्ज करते हैं? अपनी रचना के शब्द-शब्द के प्रति हठधर्मी की सीमा तक विश्वास था और निजी विचारों के प्रति ऐसी आक्रामक कट्टर निष्ठा थी कि यह आदमी अगर मध्ययुग में होता तो दुनिया में जिहाद करता फिरता।

एक अखबार के सम्पादक ने कुछ रुबाइयाँ प्रभात से प्रकाशन के लिए माँगीं। दो-तीन दिन बाद सम्पादक मिले तो बोले—आइए, प्रभात जी, आपसे आपकी रुबाइयों के बारे में चर्चा हो जाए। प्रभात ने कहा कि मैं कोई चर्चा नहीं करूँगा। मैं आपको साहित्य-चर्चा के योग्य नहीं मानता। जिन्हें योग्य मानता हूँ उनसे चर्चा करता हूँ। सम्पादक ने कहा—ऐसी हेकड़ी तो निराला को शोभा देती है। आप तो उनके सामने बच्चे हैं। प्रभात ने तपाक से कहा—माना कि 'निराला' के सामने बच्चा हूँ, पर आपके तो बाप बराबर हूँ।

व्यावहारिक सम्पादक शान्त रहे।

प्रभात मुँहफट था। लगी-लिपटी नहीं रखता था। एक प्रौढ़ स्थानीय कवि साहित्य संघ के अध्यक्ष बने। उन्होंने कहा—प्रभात जी, अगले वर्ष आप साहित्य संघ के सचिव बनेंगे। प्रभात ने तपाक से कहा—जी नहीं, मैं आपकी तरह पदलोलुप नहीं हूँ। एक परम्परागत काव्य के लेखक नई कविता की बुराई कर रहे थे। प्रभात ने कहा—आप रोज रात को नई कविता लिखने की कोशिश करते हैं। नहीं बनती तो सुबह से उसकी बुराई करने लगते हैं।

काव्य का नशा इस कदर सवार रहता था। वह कोई बाधा बरदाश्त नहीं करता था। बहुत उतावला था। ठंड के दिन थे। मैं बाहर धूप में बैठा था। दो वयोवृद्ध सज्जन भी बैठे बात कर रहे थे। मेरी नौकरी के घंटे नहीं थे, क्योंकि नौकरी छोड़ दी थी। मैं रिटायर हुए लोगों का बड़ा सहारा था, क्योंकि कभी भी घर पर मिल सकता था। इतने में प्रभात आया। थोड़ी देर चुप बैठा रहा। वह बेचैन था। वह मुझसे बात करने आया था और मुझे दो बूढ़े उलझाए थे। वह एकाएक उठकर बरामदे में यह कहते हुए गया—परसाई जी, मुझे आपसे कुछ निजी बातें करनी हैं। मैं बरामदे में गया तो उसने कहा—मैं आपको ताजा रुबाइयाँ सुनाने आया हूँ और आप इन लोगों से बात कर रहे हैं। मैंने कहा—वृद्ध लोग हैं। आ गए हैं। धीरज रखो, वे

चले जाएँगे। उसने कहा—ये बूढ़े होकर भी बदतमीज हैं! देख रहे हैं कि एक आदमी आपसे मिलने आया है, फिर भी बैठे हैं।

एक रात को कहीं कवि-सम्मेलन था। प्रभात अपने कवि मित्र श्रीलाल पांडे के घर गया और बोला—चलो, कवि-सम्मेलन में। श्रीलाल ने कहा—मेरा छोटा लड़का खो गया है। मैं नहीं जा सकता। प्रभात ने मासूमियत से कहा—तो क्या हुआ? किन्हीं को ढूँढ़ने के लिए कह दो और तुम चलो। प्रभात गृहस्थ की इस चिन्ता को नहीं समझता था।

कविता की ड्यूटी में मिनिट-मिनिट का पक्का था। हमारे कवि मित्र प्रो. प्रमोद वर्मा ने बताया—प्रभात मुझसे मिलने का समय तय कर लेता है। साढ़े दस बजे का समय तय है। अगर वह दस मिनिट पहले आ जाता है तो सड़क पर चहलकदमी करता रहता है। बार-बार खाँसता है। जोर-जोर से सिगरेट के कश लेता है। बार-बार रूमाल से मुँह पोंछता है। मैं खिड़की से देखता रहता हूँ। उसकी घड़ी में ज्योंही साढ़े दस बजे, वह मेरे घर में आ जाता है।

आम लोगों को उसके स्वभाव और व्यवहार की ये असामान्यताएँ ही दिखती थीं। पर जिनके पास वह बैठता था, बातें करता था, वे जानते थे कि वह कितना गम्भीर है, कितना अध्ययनशील है और उसमें सृजन की कितनी ऊर्जा है। वह समस्याएँ उठाता था और उन पर चर्चा करता था। कवि मित्र रामकृष्ण श्रीवास्तव के साथ बातें करते उसकी रातें गुजर जाती थीं। नगर के बाहर का कोई साहित्यकार आता तो प्रभात उलझे बिना उसे छोड़ता नहीं था।

श्रीकांत वर्मा से बात करते-करते वह उत्तेजित हो गया। अपशब्द बक दिए। बाद में उसके मित्रों ने शिकायत की तो उलटे उन्हीं पर दोषारोपण कर दिया—गलती आप लोगों की है। आपने मुझे तभी क्यों नहीं रोका?

प्रभात की विडंबना यह थी कि बहुत चीजें जो महत्त्वपूर्ण हैं, जिनके बारे में उसने अध्ययन किया था, जिन पर वह गम्भीरता से चर्चा करता था, उन बातों को लोग गम्भीरता से नहीं लेते थे, बल्कि हँसी भी उड़ा देते थे। इससे वह बहुत दुखी होता था। मुझसे कहता—ये लोग कैसे हैं? मैं उससे कहता—किन लोगों से गम्भीर चर्चा करना है, इसका चुनाव तुम्हें करना चाहिए। अरसिकेषु कवित निवेदनं शिरषि मा लिख मा लिख मा लिख!

दुबला, पतला, कमजोर, यह आदमी इन सड़कों पर बेखबर-सा घूमता था। जल्दी-जल्दी सिगरेट के कश खींचता। उसका स्नायुतंत्र कमजोर मालूम होता था। कुछ बातों में वह बहुत सावधान और औपचारिक था। सिगरेट बहुत सावधानी से रखता। बैठने के पहले वह कुर्सी को रूमाल से साफ करता था। बैठकर उसी रूमाल से चेहरा साफ कर लेता था।

जीवन की जिसने कोई योजना नहीं बनाई, मृत्यु की उसने सावधानी से योजना बनाई। क्षणिक आवेश में उसने आत्महत्या नहीं की। काव्य-संग्रह की पांडुलिपि तैयार करके अपने परम मित्र कवि रामकृष्ण श्रीवास्तव के नाम समर्पण लिखकर उसने रख दी। 'मौत से खिताब' शीर्षक से उसने सात रुबाइयाँ लिखकर एक दैनिक पत्र में प्रकाशन के लिए भेज दीं! वे छपीं—मैं तब डेढ़ महीने से नगर से बाहर था। नगर में होता तो शायद आगे का अंदाज लगा सकता। एक कागज पर उसने लेन-देन का हिसाब लिख दिया। पत्र लिख डाले।

मैं जिस दिन सुबह जबलपुर लौटा, उसी दिन शाम को उसने आत्महत्या की। सुबह वह मेरे पास आया। बड़ी देर बातें करता रहा। चाय पी। हमेशा की तरह ही सिगरेट फूँक रहा था। मुझे उसमें कुछ भी असामान्य नहीं लगा। शाम को वह मदन महल स्टेशन पर खड़ी मालगाड़ी के नीचे लेट गया। मालगाड़ी चली और वह कट गया।

बाद में उसके घनिष्ठ मित्र कलाकार अमृतलाल बेगड़ ने बताया—मेरे घर वह शाम को आया। हमेशा की तरह बातें हुईं। पूड़ी बन रही थी। हम लोगों ने पूड़ी खाईं। अब समझ में आता है कि मेरे घर से वह रेलवे स्टेशन चला गया। उसके इरादे का मुझे कोई आभास नहीं हुआ।

लगभग सात सौ रुबाइयाँ 'प्रभात' ने लिखी हैं। एक ही छन्द में इतना काव्य-सृजन महत्त्वपूर्ण है। उसने मुक्त छन्द में भी कुछ कविताएँ लिखी हैं।

प्रभात की कुछ रुबाइयाँ यहाँ देता हूँ—

मैं दूर से छटपटा के देखूँ पहले
या मौत जरा हटाके देखूँ पहले
शायद है कोई शक्ल निकल आएगी
दरवाजे को खटखटाके देखूँ पहले।

जाने-पहचाने लोग

सीने में चुभी तेग जहाँ खून पिए
इंसान के मकतल में वहाँ कौन जिए
घर आग की लपटों में फुँका जाता है
श्मशान में जाऊँ भी तो अब किसके लिए

(मृत्यु पूर्व लिखी गई)

पुरानी प्रीत के बिन आदमी का दिल गया पथरा
इसी से आदमी को आदमी से है बड़ा खतरा।
नहीं हैं आदमी की आँख में अब प्यार के आँसू
हुआ है बूँद आँसू भी घृणा के खून का कतरा

प्यार के तलवार की तुम धार भी देखो
और सर के साथ ही तलवार भी देखो
ज़िन्दगी के यूँ किनारे देखनेवालो—
ज़िन्दगी संघर्ष है—मँझधार भी देखो

मदहोश हवा झूमके झुक आई है
बौराए हुए आम पै रुक आई है
आई है तिरी याद मुझे या कि अभी
अमराई से कोयल की कुहुक आई है

अगर इंसान हो जाता कभी इंसान के बस का
तो होता लहलहाता रक्त उसके प्यार की नस का
मगर इंसान है इंसान के ही खून का प्यासा
लगा है दाढ़ को उसकी हमारे खून का चसका

छूटा साँड़ जो साधा नहीं जाता
और जो खूँटे से बाँधा नहीं जाता
उसके सींग से बचकर चलो जिसको
कांजीहौस में बाँधा नहीं जाता

मुसन्निक की कलम रुक नहीं सकती
झुकाने से जबीं झुक नहीं सकती
हुक्मराने-वतन के हथौड़ों से-
जुबानों पे कील ठुक नहीं सकती।

न्यायमूर्ति ब्रजकिशोर चतुर्वेदी

मेरे मन में एक धारणा घर कर गई है कि न्यायमूर्ति अक्सर प्रतिगामी होते हैं—प्रतिगामी नहीं तो कम से कम यथास्थिति के रक्षक तो अवश्य होते हैं। आमतौर पर न्यायपालिकाएँ यथास्थिति की रक्षा करती हैं। इन न्यायमूर्तियों में कभी कोई अकबर इलाहाबादी या आनंद नारायण मुल्ला भी निकल आते हैं। अकबर राजनैतिक रूप से जमाने के साथ थे, पर सामाजिक मान्यताओं में पिछड़े हुए। वे नई रोशनी के, नए विज्ञान के, नए सामाजिक मूल्यों के विरोधी थे। 'खुदा की राह में' रेल चलने पर दुखी थे और पर्दा-प्रथा के समर्थक थे।

चतुर्वेदी जी को मैं एक और 'ऑर्थोडॉक्स' जज समझ लेता, अगर उनसे न मिलता और उनके सम्बन्ध में लोगों के अनुभव न सुनता। उनकी हास्य-पुस्तक 'श्रीमती बनाम श्रीमता' के कवर पर पति-पत्नी का कार्टून देखकर समझ लेता—यह भी 'पत्नीवादी' साहित्य है। मैं उनसे मिला था और उनकी यह पुस्तक मैंने ध्यान से पढ़ी।

लेखक के सम्बन्ध में मत बनाने के लिए रचनाकाल को ध्यान में रखना जरूरी है। कई साल पहले हिन्दी में हास्य-व्यंग्य मखौल मात्र था। हास्य का आलंबन अक्सर पत्नी होती थी। अक्सर लेखक-कवि अपनी पत्नी की गँवारी का उपहास करके सन्तुष्ट हो जाते थे। पत्नी के इस तरह के उपहास के पीछे एक लम्बी ऐतिहासिक परम्परा है। इसकी जड़ स्त्री को

व्यक्तित्व, ज्ञान, विज्ञान, संस्कार से वंचित करके, उसे हीन बनाकर हमेशा गुलाम बनाए रखने की पुरुष की इच्छा है। स्त्री व्यक्तित्वहीन, ज्ञान-विज्ञानहीन, आर्थिक रूप से पर-निर्भर हो गई तो पति पाने के लिए दहेज के रूप में कीमत देनी पड़ने लगी। फिर भी पति 'नाथ' हुआ और स्त्री उपहास की पात्रा। स्त्री हीन हुई तो उसके पक्ष के लोग भी उपहास के पात्र हुए—जैसे साला, गो हर आदमी किसी न किसी का साला होता है।

इसी 'पत्नीवाद' की आशंका से मैंने चतुर्वेदी जी की पुस्तक खोली और भूमिका में पढ़ा—

"प्रगतिवाद में जब से पैर रखा था, तभी से 'स्वामी और दासों' का भाव तो आकाश-कुसुमवत् हो गया। बैलों की तरह नाथे जाने के हम हमेशा विरोधी रहे थे, इसलिए 'नाथ' शब्द से ही चिढ़ हो चुकी थी। यदि कोई भगवान को भी 'अनाथों का नाथ' पुकारता तो ऐसा प्रतीत होता था जैसे कोई व्यक्ति नए बैलों को 'नाथे' लिए जाता है, वैसे ही यह सज्जन भगवान को नाथकर कहीं ले जाना चाहते हैं।"

प्रगतिवाद के प्रति इतनी दो-टूक प्रतिबद्धता की घोषणा के बाद ही यह स्पष्ट हो जाता है कि चतुर्वेदी जी मात्र हँसोड़ नहीं हैं, वे एक वैचारिक धरातल पर खड़े हैं। पति-पत्नी की बातचीत या चाय का प्याला तो अपनी बात कहने का एक बहाना है, जो उन दिनों हास्य रस के कवि बना लिया करते थे।

उनकी प्रगतिवादी तीक्ष्ण दृष्टि जगह-जगह प्रकट होती है। निराला की 'तुम और मैं' पर विडंब-काव्य (पैरोडी) में वे भारत के ब्रिटेन के पिछलग्गूपन को उधेड़ते हैं—

तुम प्राण और मैं काया
तुम कामनवेल्थ महत्त्वपूर्ण
मैं पीछे चलती छाया।

इसी कविता में वे चाय बागान के मालिक और मजदूरों की स्थिति पर लिखते हैं—

तुम कामरूप के चाहबाग के
श्रीपतियों की लाली
मैं दीन-क्षीण श्रमिकों के मन की
एक भ्रांति मतवाली।

इन पंक्तियों में मजदूरों के प्रति उनकी सहानुभूति स्पष्ट झलकती है। उनका राजनैतिक पक्ष क्या था, इसमें सन्देह की गुंजाइश नहीं रहती, जब ये पंक्तियाँ नजर में आती हैं—

कृष्ण कन्हैया वंशी को तज, हँसिया और हथौड़ा लाएँ
बलदाऊ मूसल को छोड़ें मिल के व्हीवर बनकर आएँ

और

पीछे-पीछे अमेरिकन आ मरहम रख पट्टी बँधवाएँ
कविवर, ऐसी चाय पिलाओ घाव बिगड़ सेप्टिक हो जाएँ।

इन पंक्तियों से स्पष्ट है कि उनकी सहानुभूति समाजवादी देशों के प्रति थी और दुनिया के देशों में अमेरिकी हस्तक्षेप के घिनौने रूप को वे अच्छी तरह समझते थे। वे मूँछ के प्रतीक से एक समतावान समाज की कल्पना करते हैं, जिसमें शोषक वर्ग न हो—

चाहिए तनिक-सी मूँछ करे जो समता से पालन-पोषण
चाहिए नहीं उसका अजीर्ण जो बन जाता भीषण शोषण

चतुर्वेदी जी जैसे काव्य में, वैसे ही जीवन में पाखंडों, अन्धविश्वासों और कुपरम्पराओं के विरोधी थे। वे आगे देखनेवाले थे, पीछे देखनेवाले नहीं। न्यायमूर्ति की महिमा को वे इस तरह वहन करते थे कि सामान्य मनुष्य भी उनके प्रति आतंक नहीं, आत्मीयता महसूस करता था। सहज उल्लासमय व्यक्तित्व था उनका, जो अनौपचारिकता और निकटता का बोध कराता था।

चतुर्वेदी जी के वामपंथी विश्वास पक्के थे। वे घोर सामंतवाद विरोधी थे। वे भूतपूर्व ग्वालियर राज्य में न्यायाधीश थे, फिर भी राज्य की सेवा में रहकर भी वे सामंतवाद का विरोध करते थे। उस समय बड़े से बड़े ओहदेदार भी राजा के चरण छूते थे। चतुर्वेदी जी ने राजा के चरण छूने से साफ इनकार कर दिया। उन्होंने नौकरी की परवाह नहीं की तथा राजा के चरण कभी नहीं छुए।

अपने रेडिकल विचार, प्रगतिशील विश्वास और व्यवहार में आत्मसम्मानमय अक्खड़पन के कारण वे ग्वालियर राज्य में 'कम्युनिस्ट' कहलाने लगे थे।

राज्य खत्म होने पर वे मध्यप्रदेश उच्च न्यायालय के न्यायाधीश बने और जबलपुर की न्यायपीठ में आए। तब हम लोगों का उनसे सम्पर्क

हुआ। उनकी क्षमता, निरभिमान, विनोदशीलता, किन्तु साथ ही वैचारिक दृढ़ता की स्मृति हमें अभी भी है।

उस पीढ़ी में अपने जमाने से इतना आगे देखनेवाले लोग बहुत कम मिलेंगे।

चतुर्वेदी जी बड़े साहसी न्यायाधीश थे और अकबर इलाहाबादी की तरह राष्ट्रीय विचारधारा के थे। वे ग्वालियर राज्य में उच्च न्यायालय के न्यायाधीश थे। देशी राज्यों की न्याय-व्यवस्था उपहासास्पद होती थी। इसके कई किस्से प्रचलित थे। ग्वालियर पर सिंधिया कुल का राज था। यह अँगरेज साम्राज्यवादियों का भक्त था। 1857 के स्वाधीनता-संग्राम में ग्वालियर के तत्कालीन शासक ने रानी लक्ष्मीबाई के साथ छल किया था। ऐसे राज्य में चतुर्वेदी जी न्यायाधीश थे।

एक बार राज्य विलीनीकरण-संग्राम में भाग लेने के लिए पं. सूर्य नारायण व्यास को गिरफ्तार किया गया। सूर्य नारायण व्यास उज्जैन निवासी थे। वे प्रसिद्ध ज्योतिषी और साहित्यकार थे।

मुझे उस समय के बुजुर्गों ने बताया कि सूर्य नारायण व्यास को जस्टिस चतुर्वेदी की अदालत में पेश किया गया। उनकी पैरवी करने कांग्रेस की ओर से बड़े नेता, बड़े लेखक और बड़े वकील कन्हैयालाल माणिकलाल मुंशी आए। देशी अदालत समझकर मुंशी जी ने बहस यों प्रारम्भ की—माई लॉर्ड, हालाँकि मैं इस अदालत से न्याय की आशा नहीं करता, फिर भी...

चतुर्वेदी जी ने उन्हें तुरन्त रोका और कहा—आप अदालत की मानहानि कर रहे हैं। मैं आपको इस अपराध में जेल भेज सकता हूँ। पर नहीं भेजता। आप आगे बहस कीजिए। मुंशी जी ने बहुत अच्छे तर्क पेश किए और चतुर्वेदी जी ने व्यास जी को बरी कर दिया।

राजा उनसे बहुत नाराज हुआ। वे न्यायाधीश से स्कूल के निरीक्षक (इंस्पेक्टर ऑफ स्कूल्स) बना दिए गए।

आगे ग्वालियर राज्य का मध्यप्रदेश में विलीनीकरण हुआ। जबलपुर में हाईकोर्ट था। चतुर्वेदी जी इसमें न्यायाधीश नियुक्त हुए। तभी हम लोगों के सम्पर्क में आए।

(अ-डाक्टर) रामविलास शर्मा

आज से तीस-पैंतीस साल पहले की बात है। मैं भोपाल में जुमेराती में भाई रतनकुमार के घर ठहरा था। भाई रतनकुमार व अक्षयकुमार की मंडली से मेरे सम्बन्ध भोपाल राज्य विलीनीकरण आन्दोलन और 'नई राह' साप्ताहिक के द्वारा बने थे। ये सम्बन्ध अभी तक टिके हैं। शाम को हम लोग बैठे गप्पें मार रहे थे कि एक व्यक्ति आया। वह जवान था, यही तीस साल के लगभग। मैं तब पैंतीस का होऊँगा। वह व्यक्ति नमस्कार आदि से निपटकर मुझे देखने लगा। भाई रतनकुमार ने परिचय कराया—ये हरिशंकर परसाई हैं और ये रामविलास शर्मा, कवि। हम गले मिले।

जिस रामविलास से मेरा परिचय हुआ, वह एक निहायत गोरा गबरू जवान था। बड़ी और बहुत खूबसूरत आँखें। नुकीली नाक। बहुत सुन्दर, मोहक व्यक्तित्व, स्त्रियों के लिए बहुत खतरनाक। रामविलास में अब स्थूलता आ गई है, मगर व्यक्तित्व वैसा ही है। कम्बख्त ने उम्र को जीत लिया है, बेशर्मी की हद तक। अब साठ साल से ऊपर जा चुका है, पर वही सुन्दर, अल्हड़ और ठिठोला आदमी है।

रतनभाई के घर मैंने रामविलास से कविताएँ सुनीं। बहुत अच्छी लगीं। बातचीत का दौर चला। रामविलास की विनोदप्रियता, फिकरेबाजी, हाजिर-जवाबी का पता चला। उसका सरल निश्छल अट्टहास जैसा तब था, वैसा अब भी है।

यह मित्रता जो तब बनी, अभी तक चल रही है। साथी विभिन्न कारणों से छूट भी जाते हैं—खासकर स्वार्थों से। लेखक छूटते हैं, यश के कारण भी। रामविलास और मैंने एक-दूसरे के यश को बरदाश्त कर लिया। यही नहीं, एक-दूसरे के यश को बढ़ाने की भी कोशिश की। रामविलास किसी को गिराने के षड्यंत्र में शामिल नहीं होता। मैं भी इस दुष्प्रवृत्ति को आत्मघात मानता हूँ। इस बीमारी से मैंने कई लोगों को मरते देखा है।

फिर तो रामविलास का साथ भोपाल में खूब हुआ। वे राज्य परिवहन के योजना अधिकारी थे। फिर सागर, फिर नागपुर। अब इंदौर में हूँ, तो साल में तीन-चार बार जबलपुर आते हैं। यह संयोग नहीं है कि हम लोगों के समान मित्र भी हैं। प्रमोद वर्मा, भाऊ समर्थ। और भी अनेक हम दोनों के मित्र हैं। हमारे अग्रज भवानीप्रसाद तिवारी, भवानीप्रसाद मिश्र वगैरह को जब कोई नया आदमी मिलता तो बाद में उसके बारे में आपस में कहते थे—इस आदमी में 'खटका' है। इससे अपनी जम जाएगी। मेरे बारे में भी इन लोगों ने यही कहा था। यह बात जबलपुरी अंदाज है। रामविलास में 'खटका' है, यह मैं पहली मुलाकात में ही समझ गया था।

रामविलास बहुत अच्छा मित्र है। निष्कपट और भावुक। मित्रों के भले का बहुत खयाल रखता है। वह अड्डेबाज भी है। गप-गोष्ठियों में वह बहुत चमकता है। यारबाश है। रूमानी है...इससे आगे नहीं खोलूँगा। भोपाल में मैं रामविलास के घर ठहरा था। सुबह उठकर बरामदे में आया तो बगल के आवास का अहाता देखा। छोटा बागीचा था। गाय थी, बछड़ा था, और एक सुन्दर तरुणी बछड़े को सहला रही थी। मैंने कहा—रामविलास, तेरा घर तो वृंदावन है। रामविलास ने वह दृश्य देखा और बड़ी देर हँसता रहा। वह रूमानी भी हो गया।

रामविलास के असंख्य मित्र-प्रशंसक हैं। उसकी खूबी है कि शायद कोई उससे नहीं चिढ़ता। जबलपुर रामविलास आएँगे तो सीधे मेरे घर। सूटकेस रखेंगे, चाय-नाश्ता करेंगे और कहेंगे—थाने में हाजिरी दे दी। अब निकलता हूँ। बहुत लोगों से मिलना है। फिर रामविलास कब लौटेंगे, पता नहीं। हर शहर में उनके आत्मीय हैं और हर आत्मीय के सुख-दुख में वे शामिल होते हैं। इतने व्यापक मित्रमंडल के कारण हैं—उनका व्यक्तित्व,

(अ-डाक्टर) रामविलास शर्मा

स्नेह-भाव, संवेदनशीलता और राज्य परिवहन की नौकरी। हर बस स्टाप पर बस के ड्राइवर, कंडक्टर के दोस्त होते हैं। कहीं-कहीं प्रेमिका भी होती है। पिछले दिनों रामविलास जबलपुर साहित्य सम्मेलन के कार्यक्रम में आए। कार्यक्रम के बाद बोले—यार, यहाँ से बिलासपुर चला जाऊँ और प्रमोद वर्मा से मिल आऊँ। उसकी चिट्ठी आई थी। उसका ऑपरेशन हुआ था। मैं देख आऊँ।

रामविलास ने सुख भोगे हैं और दुख भी। बहुत दुख भोगे हैं, बहुत आघात सहे हैं रामविलास ने। पत्नी की मृत्यु काफी पहले हो गई थी। नागपुर में थे, तब जीप-दुर्घटना में एक टाँग की हड्डी तीन जगह से टूटी। एक साल अस्पताल के बिस्तर पर पड़े रहे। फिर दूसरी बार टाँग टूटी इंदौर में। फिर तीन महीने अस्पताल के बिस्तर पर। सबसे बड़ा आघात लगा बड़े बेटे की जीप-दुर्घटना में मृत्यु का। वह अच्छी नौकरी पर था। पत्नी और बच्चे थे। पर रामविलास बड़ा 'कठ करेजा' आदमी है। उसमें विकट मनोबल है। टूटा नहीं, भीतर वह रोता होगा। पर चेहरे पर शिकन नहीं। बेटे की मृत्यु के बाद मिला तो कहा—मैंने बहू से कहा कि तुझे इंदौर में रहना हो तो यहाँ रहो। मकान का एक भाग ले लो। अपने ढंग और इच्छा से जिन्दगी जीओ। जयपुर में रहना हो, तो वहाँ रहो। मकान बनवा लेना। काफी पैसा मैं दे दूँगा। वह जयपुर में सेटिल हो गई है।

रामविलास कवि है। हृदय से कवि है। नागपुर मेडिकल कॉलेज के प्राइवेट वार्ड में था, तब मैं उससे मिला। दीवारों पर भाऊ समर्थ के चित्र टँगे थे। ताजा गुलदस्ता रखा था। कविताएँ वह तब भी लिख रहा था। इंदौर में वार्ड की खिड़की से आसमान दिखता था। बरसात का मौसम था। रामविलास ने 52 कविताएँ बादलों के विभिन्न रंगों, अंदाजों पर लिख डालीं। माना जाता है कि रामविलास प्रकृति का कवि है। वह प्रकृति-चित्रण करता है। प्रकृति-चित्रण बहुत कवियों ने किया है। कालिदास ने मेघ को प्राणवान माना है। सुमित्रानंदन पंत ने भी प्रकृति-चित्रण किया है। वे प्रकृति पर मुग्ध होते हैं।

रामविलास ने निमाड़ की प्रकृति, मालवा की प्रकृति, जहाँ रहा, वहाँ की प्रकृति का चित्रण किया है। दूसरे कवि मानव-व्यापारों के उपमा और रूपक प्रकृति से देते हैं। मानव-जीवन के रंगों को प्रकृति के बिंब और

प्रतीक देते हैं। पर रामविलास ने प्रकृति के रंगों, अंदाजों को मानव-जीवन के बिम्ब और प्रतीक दिए हैं, उपमा और रूपक दिए हैं। निमाड़ की धरती सिंके हुए पापड़ की तरह असमतल है। मालवा के बिखरे पेड़ों की कतार दाँत उखड़े कंघे की तरह है। रेस्ट-हाउस की आरामकुर्सी गर्भवती स्त्री है, जो पीछे हाथ टिकाए पसरी है।

रामविलास की उत्फुल्ल और प्राणवान प्रकृति है। वह मानव-जीवन का प्रतिबिंबन करती है। प्रकृति में मनुष्य के व्यक्ति और समाज-रूप के संघर्ष हैं। प्रकृति की छटा देखते हुए रामविलास खो नहीं जाता। वह हर क्षण याद रखता है कि मैं मनुष्य हूँ। प्रकृति मनुष्य के लिए है। हर पल इस विविध रंगी प्रकृति-रूप को देखते हुए रामविलास नहीं भूलता मनुष्य के सुख, दुख, संघर्ष को। प्रकृति में उसे मानव-जीवन के सब रंग दिखते हैं। सारे संघर्ष दिखते हैं। प्रकृति में उसे वर्ग-भेद, और वर्ग-संघर्ष तक दिखता है।

सुमित्रानंदन पंत ने खूब प्रकृति-चित्रण किया है। पर प्रगतिशील और सर्वहारा-समर्थक दिखने के लिए उन्होंने 'ग्राम्या' की घटिया, प्राणहीन कविताएँ लिखीं और द्वन्द्वात्मक भौतिकवादी सिद्ध करने के लिए तथा मार्क्सवादियों के प्यारे होने के लिए उन्होंने प्राणहीन 'लोकायतन' काव्य लिख डाला। शमशेर बहादुर सिंह की सबसे घटिया कविताएँ वे हैं जिनमें उन्होंने अपनी क्रांतिकारिता और प्रतिबद्धता बताने की कोशिश की है। सहज और प्राणवान सच्चा प्रकृति-चित्रण मुझे केदारनाथ अग्रवाल का लगता है। नागार्जुन का भी, जब वे गाँव में छककर गन्ना चूसते हैं और होला खाते हैं। रामविलास ने चेष्टा करके अपनी प्रगतिशीलता और प्रतिबद्धता नहीं बताई। उसकी मानवीयता और वैचारिक प्रतिबद्धता इन्हीं सहज कविताओं की अन्तरात्मा में व्याप्त है।

यहाँ तक मैंने तब लिखा था, जब रामविलास जीवित था। मार्च, 1990 के शुरू में मुझे इंदौर से उसका पत्र मिला कि नौ तारीख को सुबह जबलपुर में टपक पड़ूँगा! वहाँ से बिलासपुर प्रमोद वर्मा से मिलने जाऊँगा। मैं रामविलास के आने का इंतजार कर रहा था। मगर सात तारीख को शाम को इंदौर से प्रकाशन अधिकारी सुभाष मिश्रा का फोन मिला कि दो घंटे

(अ-डाक्टर) रामविलास शर्मा

पहले रामविलास शर्मा की मृत्यु हो गई। लूना पर जा रहे थे। मेटाडोर ने टक्कर मारी। सिर में गहरी चोट आई। अस्पताल में मृत्यु हो गई।

कैदे-हयात बन्दोग़म असल में दोनों एक हैं।
मौत से पहले आदमी ग़म से निजात पाए क्यों।

रामविलास ने बहुत दुख भोगे थे। पत्नी की मृत्यु, बड़े जवान बेटे की जीप-दुर्घटना में मृत्यु। बड़ी बहू को जयपुर में बसाया। उसके लिए मकान बनवाया। रामविलास सड़क का आदमी था। राज्य परिवहन में अधिकारी था। यात्राएँ करता था। उसके साथ सात सड़क दुर्घटनाएँ हुईं। बार-बार अस्पताल के बिस्तर पर पड़ा। सातवीं दुर्घटना में वह मर गया।

कुछ महीनों से उससे मिलनेवाले मित्र बताते थे कि वह कुछ 'एब्सेंट माइंडेड' हो जाता है, स्मृति भी कुछ कमजोर हो गई है। प्रमोद वर्मा ने बताया कि उसके दिमाग में 'डायबिटीज' का भय जमा है। उज्जैन में हम साथ थे। रामविलास डायबिटीज का इंजेक्शन लेता था। गोली भी लेता था। वह इंजेक्शन का सामान लाना भूल गया था। मैंने उसे वह गोली खिला दी जो मैं खुद खाता हूँ। शाम को हम इंदौर लौट आए। खाना खाकर सो गए। रात को करीब दो बजे उसके छोटे लड़के ने मुझे जगाया। बोला—पिताजी की हालत तो देखिए। मैंने देखा—वह आँखें खोले निश्चेष्ट पड़ा था। पास में डायबिटीज के इंजेक्शन का सामान था। मैं समझ गया कि इसने इंजेक्शन भी ले लिया। मैंने लड़के से कहा—फौरन गिलास में पानी भरकर उसमें शक्कर घोलो। हम सुबह तक उसे चम्मच से शक्कर पिलाते रहे। सुबह डाक्टर को बुलाया।

मैंने रामविलास को सहज पत्र लिखा, हालाँकि मैं खुद गैर-जिम्मेदारी की हरकतें कर चुका हूँ। रामविलास का जवाब आया कि आगे ऐसी गलती नहीं करूँगा। असल में जब से विधुर हुआ हूँ ऐसी भूल कर बैठता हूँ।

सड़क की नौकरी की, सड़क का आदमी रहा और सड़क-दुर्घटना में मर गया।

भोलाराम

अपने समकालीनों की याद करता हूँ तो कितने ही चेहरे कल्पना में आते हैं। किसी से दस साल साथ रहा और किसी से कुछ महीने ही। पर कुछ बात उनमें थी, जो वे अब भी मुझे याद आते हैं।

खंडवा में एक होटल के नौकर का साथ कुल पाँच महीने रहा। मैंने खंडवा के एक स्कूल में नौकरी कर ली थी। वेतन पचीस रुपया महीना। मध्यप्रदेश के शिक्षा-सचिव और बाद में बनारस हिन्दू विश्वविद्यालय के कुलपति रहे डॉ. वेणीशंकर झा तब डिवीजनल सुपरिंटेंडेंट ऑफ एजुकेशन थे। वे जाँच के लिए आए। उन्होंने जाँच की रिपोर्ट में मुझे इस टिप्पणी से गौरवान्वित किया—"The pay of one of the teachers is inordinately low."

ढाई साल बाद जब मैं शिक्षण का डिप्लोमा लेकर इन्हीं डॉ. वेणीशंकर झा के पास सरकारी स्कूल में नियुक्ति के लिए आवेदन करने गया, तब उन्होंने मुझे दूसरी टिप्पणी से गौरवान्वित किया—आप उसी स्कूल में क्यों नहीं जाते, जिसने आपको ट्रेनिंग के लिए भेजा। "You want to kick away the very ladder by which you climed up."

वफादारी के हिसाब से उनकी सलाह सही थी। झा साहब यहीं हैं। अब भी सक्रिय हैं और मेरे उनसे बहुत अच्छे सम्बन्ध हैं। पर जो सीढ़ी से चढ़कर सीढ़ी पर ही बैठा रहे, वह ऊँचे दर्जे का बेवकूफ है। जिसे नीचे

नहीं लौटना है, उसे ऊपर चढ़कर फौरन उस सीढ़ी को लात मारकर गिरा देना चाहिए। मैंने यही किया। बेवफाई की। जबलपुर के प्रसिद्ध सरकारी स्कूल मॉडल हाईस्कूल में मेरी नियुक्ति हो गई। उस स्कूल की पूरे प्रदेश में इतनी पवित्रतामय प्रतिष्ठा थी कि इसमें अध्यापक होने का अर्थ था मनुष्य से देवता बना दिया जाना। यह सब प्रसंगवश।

मुझे बात करनी है उस होटल के नौकर की। मैंने दो रुपए महीने मासिक किराए पर दो कमरे ले रखे थे। खाना खाता था एक होटल में साढ़े पाँच रुपए महीने में। होटल स्वच्छ था और खाना भी अच्छा था। पटे पर बैठकर खाते थे।

होटल में एक नौकर था—भोलाराम! अच्छा डीलडौल, चालीस साल का आदमी था। साँवला। खिड़की के पास एक स्टूल पर वह बैठता था। उधर सड़क देखता और इधर ग्राहकों को। उन दिनों एक बहुत लोकप्रिय गाने के बोल थे—

घायल जिया पुकारे बालम आन मिलो!

भोला हमेशा ये बोल बोलता रहता। खिड़की पर खाली बैठा होता तो बोलता जाता—बालम आन मिलो। घायल जिया पुकारे। इतने में कोई पानी माँगता तो फौरन बोलता—अभी पानी लीजिए साब! बालम आन मिलो! सब्जी देते हुए कहता—आप तो बहुत कम खा रहे हैं साब! घायल जिया पुकारे हो गया क्या? कहीं रोटी की माँग होती तो वह रोटी बनानेवाले से कहता—पंडत, जल्दी रोटी सेंको। घायल जिया पुकारे! रोटी लाकर देता तो कहता—ये रोटी लीजिए साब गरम-गरम, बालम आन मिलो! सड़क पर झगड़ा होते दिखता तो चिल्लाकर कहता—अरे सड़क पर तो बालम आन मिलो हो गया साहब! मारपीट हो गई। चलो रफा-दफा हो गया। सिर नहीं फूटे। घायल जिया पुकारे।

काशीनाथ नाम के एक ग्राहक तीन रुपया बकाया छोड़कर होटल छोड़ गए। होटल में उस बड़े कमरे में खाना खानेवालों में आपस में खुलकर बातें। मैनेजर और भोलाराम होटल के मामलों में ग्राहकों को भी शामिल कर लेते। एक शाम मैनेजर ने कहा—भोला, वे काशीनाथ बाबू तीन रुपए खाकर गायब हो गए। भोला ने कहा—हाँ, साब, उन्होंने इस सड़क से निकलना भी छोड़ दिया है। दूसरी सड़क से ऑफिस जाते होंगे।

एक सड़क पीछे भी है। उस पर पकड़ूँगा, बालम आन मिलो! सेठ जी, आपका घायल जिया पुकारे तो बालम आन मिलो हो जाएगा। दूसरे दिन भोला दफ्तर जाने के वक्त काशीनाथ बाबू को लेकर आ गया। यही वक्त हम लोगों के खाना खाने का था। उन्हें लेकर मालिक की टेबिल के सामने खड़ा हो गया। सबको सुनाकर बोला—पीछे की सड़क से तेज चाल से दफ्तर जा रहे थे। मैंने दूर से देख लिया और जैसे ही ये पास आए, मैं सामने खड़ा हो गया। बोला—क्यों, काशीनाथ बाबू, उधर मालिक का घायल जिया पुकारे हो रहा है और आपका बालम आन मिलो नहीं हो रहा। सड़क भी छोड़ दी। तीन रुपए भी खा गए। चलिए। ये आ गए साब! मगर इनके पास इस वक्त पैसे हैं नहीं। कहते हैं, दो तारीख को दे देंगे। मुझे इनका भरोसा है। नहीं तो आप मेरी तनखा में से काट लीजिए। जाइए काशीनाथ बाबू दफ्तर! कभी-कभी आया करिए। बालम आन मिलो! घायल जिया पुकारे, बालम आन मिलो!

काशीनाथ बाबू बाइज्जत चले गए।

मेरी तरफ भोला विशेष ध्यान देता। इज्जत बहुत करता। इसका कारण मेरा अध्यापक होना था। मुझे 'परनाम मास्साब' या 'पालागी मास्साब' करता। खासतौर से मेरे पास आकर पूछता—सब्जी और ले आऊँ आपके लिए। आज कुंदरू अच्छे बने हैं। इतवार को 'फीस्ट' होती तो मेरा खास खयाल रखता।

एक दिन रास्ते में मिल गया। कहने लगा—आप गुरुजी हैं, साब! आप विद्या देते हैं। कितने आदमियों को ज्ञान देते हैं। मेरी पढ़ने की बड़ी इच्छा थी, पर चौथी कक्षा से ही पढ़ाई छूट गई।

मैंने कहा—क्यों क्या हो गया? पढ़ाई क्यों छोड़ दी? भोला ने कहा—अरे साब, मेरा बाप साला बड़ा हरामी था। एक दुकान में मुनीम था। बड़ा शराबी था। चौथी कक्षा पास होते ही उसने मुझे एक होटल में कप-बसी धोने के काम में लगा दिया। साला, मेरी मजदूरी की भी शराब पी जाता और मेरी माँ को पीटता था। मेरी माँ बहुत अच्छी थी। मैं सत्रह-अठारह साल का था। दूसरी नौकरी करने लगा था। बाप मेरी तनखा ले लेता और शराब पी जाता। एक रात उसने मेरी माँ को बहुत पीटा। दूसरे दिन वह काम पर जाने को निकला, तो मैंने उसे सड़क पर पकड़ा।

चिल्लाया—साले, हरामखोर, मेरा बाप बनता है। कुत्ते, मेरी मेहनत के पैसों की शराब पीता है और मेरी माँ को पीटता है। मैंने उसे चार-पाँच तमाचे जड़ दिए। मास्साब, ऐसा क्या बाप होता है। वह तो साला दुश्मन था। वह डरकर भागा दुकान की तरफ। मैं घर आया। माँ ने देख लिया था। बोली—यह तूने बहुत बुरा किया। मैंने कपड़े बाँधते हुए कहा—बुरा किया या भला। मैं तो चला। दरी में बँधे कपड़े मैंने कन्धे पर रखे। तनखा अभी मेरे पास ही थी। सीधा स्टेशन गया और रेल में बैठ गया। यहाँ-वहाँ काम करता रहा। दो साल से इस होटल में हूँ। बालम आन मिलो!

मैंने पूछा—भोला, तुम्हारी घर-गिरस्ती तो होगी। उसने कहा—हमारी क्या घर-गिरस्ती मास्साब! पेट भरते हैं। जहाँ काम करते हैं वहीं पेटी-बिस्तर डाल देते हैं। आप ही लोग हैं हमारे। कुछ ग्राहक बहुत भले हैं। मैं उनके घर भी जाता हूँ।

भोलाराम अपने बारे में लापरवाह नहीं था। कपड़े साफ पहनता था, दाढ़ी बनाता था। रोज अखबार पढ़ता था और खबरों पर दूसरों से चर्चा करता था। होटल के काफी ग्राहकों को उसके बराबर जानकारी नहीं होगी। दूसरा महायुद्ध चल रहा था। वह अक्सर मुझसे हिटलर के बारे में पूछता। रूस के बारे में पूछता। वह हमारे राष्ट्रीय मुक्ति आन्दोलन की भी जानकारी रखता था। कांग्रेस का भक्त था।

मैंने कहा—भोला, गिरस्ती तो गरीब आदमी भी करते हैं। कोई कमानेवाली मिल जाए, तो कर लो। दोनों कमाओगे तो कोई दिक्कत नहीं होगी।

भोला बोला—गिरस्ती तो भिखारी की भी होती है, साब! है मेरी नजर में एक। वह भी कमाती है। एक कमरे या झोंपड़ी का इन्तजाम हो जाए, तो कर लूँ। बालम आन मिलो!

मेरे खंडवा छोड़ने के कुछ दिन पहले एक घटना घटी। पास के शहर बुरहानपुर में गानेवाली बहुत हैं। किसी ने एक गायिका को दो रात के कार्यक्रम के लिए बुलाया। बुलानेवाले की दोस्ती हमारे होटल के मालिक से होगी। ऊपर चार कमरे थे। बाईजी और उनके नौकर को ऊपर ठहरा दिया गया था। हम लोग जब खाना खा रहे थे, तब वह उतरी और भोला ने एक पटली-तरफ इशारा करके कहा—इस पर बैठ जाइए! वह युवा और

सौम्य स्त्री थी। हम लोगों में फुसफुसाहट से जानकारी फैल गई कि वह कौन है। उस पर सबका ध्यान था और वह नीचा सिर किए खा रही थी। भोला ने उसकी कटोरी में सब्जी डालकर कहा—ये सब्जी लीजिए बाई! बालम आन मिलो!

मैंने इशारे से भोला को बुलाकर कहा—भोला, बाई के सामने 'बालम आन मिलो' मत कहा करो।

उसने कहा—ठीक बोले आप साब!

जितनी देर वह रही, भोला ने 'बालम आन मिलो' और 'घायल जिया पुकारे' नहीं कहा। ऊपर सेवा के लिए जाता, तब भी नहीं कहता।

दोनों रात भोला उसका गाना सुनता रहा। मुग्ध था। बहुत तारीफ करता। गायिका से अपनत्व अनुभव करने लगा था। तीसरे दिन जब वह आने लगी, तब खाने का वक्त था। हम वहीं थे। बहुत लोग विदाई के लिए आए थे। भोला भाव-विभोर था। वह दो दिन की सेवा के कारण उस पर अपना कुछ अधिकार भी मानने लगा था। उसने भावुकता में गायिका के कन्धे को छूकर कहा—वाह बाई जी! बहुत अच्छा गाया! आसपास के प्रशंसकों को बुरा लगा। वे उसे डाँटने लगे। उसे दो धप्प भी मार दिए। भोला सहम गया।

बाई जी ने गुस्से से कहा—क्या गलत किया उसने? वह दो दिनों से मेरी सेवा कर रहा है। शरीफ कहलानेवाले हम लोगों से कैसा सलूक करते हैं, वह भी हम जानती हैं।

उसने भोला से कहा—तुमने बहुत आराम दिया भोला। हम तुम्हें याद रखेंगी। ये लो।

पाँच रुपए दिए उसे।

भोला दूसरे दिन उदास रहा। कहता—सबके सामने सालों ने बेइज्जती कर दी। मैं एक-एक को जानता हूँ। बड़े हरामी हैं।

तीसरे दिन भोला छुट्टी पर चला गया।

चार-पाँच दिन बाद मुझे वह रास्ते में मिल गया।

मैंने पूछा—कहाँ थे भोला?

वह बहुत खुश था। कहने लगा—मैं आपसे मिलने स्कूल आनेवाला था। मैंने होटल की नौकरी छोड़ दी। सामान एक दोस्त के कमरे में रख

दिया है। कल बुरहानपुर जा रहा हूँ। वे जो बाई जी हैं, उन्हें एक अच्छे नौकर की जरूरत थी। उनके नौकर ने मुझसे अलग ले जाकर कहा—बाई जी ने तुम्हें बुरहानपुर मिलने को बुलाया है। मैं गया तो उन्होंने मुझे अपने पास नौकर रख लिया। होटल से दो गुनी तनखाह। रहने को उसी हवेली में कमरा दे दिया। बहुत पैसा मिलता है बाई जी को। उनकी एक बहन भी उनके साथ रहती है। उनका एक लड़का है। अब तो मास्साब, घर भी बसा लूँगा। तबला सीखूँगा। थोड़ा जानता हूँ। और आप देखिए कि बाई जी को तबले की संगत दूँगा। चलिए मेरी तरफ से चाय पी लीजिए। घायल जिया पुकारे, बालम आन मिलो!...

मुस्कान की जगह टाइपराइटर

इतना सुन्दर चेहरा, ऐसी विजित करनेवाली मुस्कान, ऐसा उत्फुल्ल व्यक्तित्व, ऐसी ऊर्जा और ऐसा उत्साह, इतनी लुभावनी बातें मैंने कम लोगों के व्यक्तित्वों में देखी हैं। वह ऐसा व्यक्तित्व था कि कहे—मुझे आपके प्राण चाहिए, तो आदमी अपने शरीर में प्राण ढूँढ़ने लगता। उसे इनकार करके आदमी रात को बेचैन रहता होगा, उसे नींद नहीं आती होगी। उसका अपमान कोई करे तो वह मुस्कराहट से ऐसा 'हैं हैं' करता कि अपमान करनेवाला खुद क्षुद्र अनुभव करने लगता। मुस्कान से किसी को अपमानित कर देनेवाला अद्‌भुत आदमी था वह। अगर कोई फूहड़ बात कहकर भी समझता कि मैंने बड़ा मजाक किया है, तो वह बड़ी देर हँसकर कहता—मजाक के तो उस्ताद हैं आप!

उसके घर में फल खाने का इन्तजाम चाहे न हो, पर शाम को वह लाखों रुपयों की योजना बनाता होता। महत्त्वाकांक्षी इतना कि नया राष्ट्रसंघ बनाने की सोचता। मुझे विश्वास है, किसी देश का राष्ट्रपति या प्रधानमंत्री उसके राष्ट्रसंघ का सदस्य बनने से इनकार नहीं करता।

पर दायरा उसका छोटा था। हैसियत छोटी थी। वह एक प्राइवेट माध्यमिक विद्यालय में अध्यापक था। उसे नियम से प्रधानाध्यापक होना था। उसे नहीं बनाया गया, तो उसने इस्तीफा दे दिया।

अब मुझे नाम बता देना चाहिए। इस आदमी का नाम था किशोरीलाल पांडे। जबलपुर के थे। यह रत्न-प्रसू भूमि है। महेश योगी यहीं के, रजनीश यहीं के, बैंक-धोखाधड़ी में पारंगत मशहूर हरिदास मूँदड़ा, जिनके कारण अर्थमंत्री टी.टी. कृष्णमाचारी को इस्तीफा देना पड़ा, की शिक्षा-दीक्षा यहीं हुई। ठगों और पिंडारियों का लूटा हुआ माल बिकने का बाजार यहीं था। वह अब भी है। शुरू से ही सटीक नाम चला आ रहा है—'गुरंदी बाजार।' एक गौरव और है—आजादी के बाद का सबसे बड़ा और सुनियोजित साम्प्रदायिक दंगा इसी शहर में 1961 में हुआ। यहाँ चमत्कारी पुरुष होते ही रहते हैं। किशोरीलाल पांडे एक लघु चत्मकार थे। उन्हीं के वरिष्ठ चमत्कार चंदा करने और संस्थाएँ खड़ी करने में उस्ताद एक बाबूराव ओक थे।

पांडे जी सारे शहर में जाने जाते थे और बहुत लोकप्रिय थे। यह बात पैंतीस-चालीस साल पहले की है। शहर बहुत छोटा था। पांडे जी साहित्यिक, सांस्कृतिक, खेलकूद सम्बन्धी अनेक गतिविधियों में संलग्न रहते थे। कुछ संस्थाओं के वे संचालक भी थे। मैं सरकारी स्कूल में अध्यापक था और नवतरुण भी। पांडे जी तब प्रौढ़ावस्था में प्रवेश कर रहे थे। पांडे जी मेरा सहयोग लेते थे, खासकर स्कूलों के साहित्यिक कार्यक्रमों में।

समय बीतते मैं समझ गया कि पांडे जी में सद्भावना तो है, पर खिले चेहरे पर एक क्षण में आ जानेवाली ये मुस्कान एक 'रिफ्लेक्स' है। आदमी को देखते ही, चाहे वह शत्रु ही क्यों न हो, एकदम मुस्कान आ जाती। सामनेवाले से नफरत कर रहे हैं और मुस्कराए जा रहे हैं। यह आदमी किसी की हत्या भी मुस्कराते हुए कर सकता है। पर पांडे जी किसी का नुकसान नहीं करते थे। नुकसान करना चाहते तो अपना ही करते। वे अपना फायदा करते थे और कीर्ति चाहते थे। इससे उन्हें फुरसत ही नहीं मिलती थी कि वे किसका नुकसान करें। मैंने ऐसे लोग देखे हैं जो अपना भला करने में इतने लिप्त रहते हैं कि दूसरों को तकलीफ देने की फुरसत नहीं मिलती। ऐसे एक. आदमी को लोग 'साधु' कहते थे। मैं कहता था—वे साधु नहीं हैं। उनके पास समय और शक्ति की कमी है।

बहरहाल, पांडे जी ने 'न्यू एजुकेशन सोसाइटी' की स्थापना कर ली। उसमें नगर के प्रतिष्ठित और धनी व्यक्तियों को ले लिया। खुद सचिव हो

गए। इस तरह के सम्पन्न प्रतिष्ठित आदमी इस तरह की समितियों में इसलिए शामिल हो जाते हैं कि बिना कुछ किए प्रतिष्ठा और बढ़ जाती है। उन्हें सन्तोष भी होता है कि हम समाज-सेवा कर रहे हैं। ये निकम्मे फिर संस्थाओं में क्यों लिए जाते हैं। दो कारण हैं—एक तो धन दिलाते हैं, दूसरे ये यह नहीं देखते कि धन का क्या हो रहा है और संस्था का काम कैसा चल रहा है।

धन संग्रह होने लगा। पांडे जी के मित्र बहुत थे। वे उन्हें चंदा दिलाते। संस्थापक लोग धन दिलाने लगे। खुद पांडे जी चंदा-वसूली में, दान-वसूली में उस्ताद थे। एक तो उनकी प्रतिष्ठा, दूसरे उनका मोहक व्यक्तित्व और वह मुस्कान, तीसरे उनका मीठा हठ। उनके समकालीन चंदा-बटोरू, जिनका मैंने पहले उल्लेख किया है, बाबूराव ओक का व्यक्तित्व ऐसा नहीं था। पर उनकी तरकीबें दूसरी थीं और कामयाब थीं। ओक साहब को किसी ने चंदा देने से मना कर दिया और वे बिना निराश हुए बाहर आए। अहाते में उन्हें साइकिल का बेकार टायर पड़ा दिख गया। वे कहते—यह तो आपके किसी काम का है नहीं। मैं इसे ले जाता हूँ।

इस तरह से बटोरे हुए माल को वे कबाड़ियों को बेच देते थे।

पांडे जी को चंदा देने से इनकार करते हुए आदमी अपने को अपराधी महसूस करता था। वे खुद किसी संभावनाशील धनिक को छोड़ते नहीं थे। मुझसे कहने लगे—मास्साब, वे जो बड़े ठेकेदार हैं न, उनके यहाँ हर एकादशी को सत्यनारायण की कथा होती है। मैं चार महीने हर एकादशी को कथा सुनता रहा और उनसे पाँच हजार रुपए ले आया।

इमारतें बनने लगीं। उन्हें माध्यमिक विद्यालय पहले खोलना था। दो कतारों में आमने-सामने कमरे। सामने लम्बे-लम्बे बरामदे। खपड़ों की छत। उससे लगा खेल का मैदान, जिसके एक तरफ पेशाबघर-पाखाना। गरीबी का स्कूल। एक हेडमास्टर का कमरा। उससे लगा दफ्तर। दूसरे छोर पर अध्यापकों के बैठने का कमरा। इस गरीबी के बीच भी उनके हौसले बुलंद थे। उन दिनों गैर-सरकारी विद्यालय प्रबन्धकों के लिए कमाई का जरिया होता था। वे इस धन्धे को समाज-सेवा कहते थे। सबसे पवित्र 'ज्ञानदान' की तपस्या का प्रचार करते थे। अब भी कम चाहे हुआ हो, धन्धा वैसा ही है।

मुस्कान की जगह टाइपराइटर

संयोग कि जब स्कूल के खुलने की घोषणा हुई, तभी मैंने सरकारी नौकरी छोड़ी। कारण, मेरा तबादला एक कस्बे में कर दिया गया था। मैंने मित्रों से सलाह की। सवाल था—मुझे हेडमास्टर होना है या लेखक? अध्यापक तो मैं जबलपुर के किसी प्राइवेट स्कूल में हो सकता था। तय किया गया कि मैं हेडमास्टर नहीं बनूँगा। हमारे यहाँ मजाक चलता था—अरे, वह तो आदमी से हेडमास्टर हो गया। मैंने तय किया, गैर-सरकारी विद्यालय में अध्यापक या पत्रकार हो जाऊँगा। रहूँगा जबलपुर में ही। मेरे एक वरिष्ठ मित्र ने पांडे जी से कहा और उन्होंने बड़ी खुशी से मुझे अपने स्कूल में ले लिया। तभी एक बहुत आदरणीय अध्यापक—विष्णुदत्त बाजपेयी—उसी सरकारी स्कूल से रिटायर हुए। उन्हें भी पांडे जी ने ले लिया। हम दोनों के नाम अखबारों में विज्ञापित भी किए। हम दोनों को वे मातहत के बजाय सहयोगी मानते थे।

कुछ महीने ठीक चला। पैसे की कठिनाई थी। वेतन कम तो था ही, एकमुश्त भी नहीं मिलता था। दो-तीन किस्तों में मिलता था। हम लोग सोचते थे—पांडे जी, पैसे के लिए इतनी दौड़-धूप करते हैं। किसी तरह खर्च चलाते हैं। हम कठिनाई सह लें। आगे हालात अच्छे हो जाएँगे। मगर हालात बिगड़ते गए। साल-भर में कठिनाई बढ़ी ही।

मैं जबलपुर माध्यमिक शिक्षक संघ का युवा अध्यक्ष था। मध्यप्रदेश के संगठन का उपसचिव था। सारे अध्यापक मुझसे कहते कि कुछ कीजिए।

इधर पांडे जी बदल गए। अपने कमरे के दरवाजे के मोटे हरे परदे के भीतर वे बन्द रहने लगे। टाइपराइटर रखवा लिया। छोटी-छोटी बात पर चपरासी के हाथ कैफियत तलब करने का कागज भेज देते। 'मीमो' भेजते रहते। बाहर दो बार निरीक्षण करने निकलते, तो निहायत गम्भीर, कठोर चेहरा बनाए रहते। रूखा बोलते। मुँह खोलते तो शिकायत ही करते। अध्यापक और दुखी तथा परेशान हो गए।

मैं उनसे खुलकर बात करता था। मैंने एक दिन उन्हें समझाया—पांडे जी, आपकी जो सबसे बड़ी शक्ति है, वह है मोहक मुस्कान। वह या तो आपने खो दी है या उसका उपयोग नहीं कर रहे हैं। आपकी सफलता का कारण वही मुस्कान है। आपने उसकी जगह टाइपराइटर रख लिया है। आप कमरे में बन्द हो गए हैं। टाइप किए हुए कैफियत तलब करने के

कागज जारी करते हैं। बाहर निकलते हैं, तो अध्यापकों से न ठीक से बोलते हैं न व्यवहार करते हैं। आप उन अध्यापकों पर रौब ग़ालिब करते हैं, जिन्होंने आपके लिए भीख माँगी है। जो अध्यापक आपका सब कुछ जानते हैं, उनके सामने आप महामानव बनते हैं।

पांडे जी ने कहा—परसाई जी, मेरी भी परेशानियाँ हैं। मैं कितनी कठिनाई से स्कूल चलाता हूँ।

मैंने कहा—आप इससे ज्यादा मुसीबत में रहे हैं और आपको मुसीबत से निकाला है, उसी मोहक मुस्कान ने।

वे खीजकर बोले—हम तो काम चाहते हैं। अनुशासन चाहते हैं। हम कोई गड़बड़ नहीं चाहते।

मैंने कहा—काम और अनुशासन जो चाहे, उसे वेतन ठीक और समय पर देना चाहिए। इस तरह नहीं चलेगा।

पांडे जी को आभास तो हो गया था कि असन्तोष पनप रहा है। पर वे समझते थे कि आतंक से दबा लेंगे। फिर नौकरी जाने का खतरा कोई उठाएगा नहीं। वे कुछ अधिक कठोर हो गए।

अब अध्यापकों में सलाह हुई। कुछ कहते—हड़ताल करना चाहिए। कुछ कहते—अनशन पर बैठ जाना चाहिए। मैंने समझाया कि हड़ताल का नोटिस देना होगा, अनशन पर पुलिस कार्यवाही हो सकती है। हमें ऐसा करना चाहिए कि पांडे जी और प्रबन्धक मंडल को चेतावनी मिल जाए। तय हुआ कि परसों दूसरे पीरियड के बाद जो दस मिनिट की छुट्टी होती है, उसमें सब लोग अध्यापक-कक्ष में आ जाएँ और फिर वापस कक्षाओं में न जाएँ।

ऐसा हुआ। घंटी बजी और अध्यापक अपने कमरे में आ गए। दस मिनिट बाद कक्षा शुरू होने की घंटी बजी। छात्र कक्षाओं में गए। अध्यापक कक्षाओं में नहीं गए।

क्रोधित पांडे जी एक विंग में घूमने लगे और मैं दूसरे में। वे सोच रहे थे कि मुझे देखकर अध्यापक कक्षाओं में चले जाएँगे। मैं देख रहा था कि वे स्वयं बात करने आएँ या बाजपेयी जी को भेजें। ऐसा कुछ नहीं हुआ। थोड़ी देर बाद पांडे जी ने पूरी छुट्टी की घंटी बजा दी। अध्यापक भी घर चले गए। दूसरे दिन छुट्टी थी। उसके बाद के दिन स्कूल आना ही था।

शाम को मुझे प्रबन्ध समिति के अध्यक्ष डॉ. बराट ने बुलाया। उनसे मेरे पहले से सम्बन्ध थे। वे बहुत अच्छे डाक्टर और बहुत सहृदय मनुष्य थे। गरीबों से, अध्यापकों से, छात्रों से वे फीस नहीं लेते थे। अपने पास से दवा भी दे देते थे।

डॉ. बराट ने कहा—बदनामी तो हो गई।

मैंने कहा—हम क्या करते? मैंने प्रबन्ध समिति के हर सदस्य से तो कहा। किसी ने ध्यान नहीं दिया।

मैंने उन्हें अध्यापकों की कठिनाइयाँ बताईं। डॉ. बराट की आँखों में आँसू आ गए। लम्बी बातचीत के बाद उन्होंने कहा—मैं सब ठीक कराता हूँ। पर थोड़ा धीरज रखिए। पेशेंस प्लीज! हड़ताल खत्म कर दीजिए।

मैंने कहा—हमने हड़ताल की ही नहीं। सिर्फ 'एब्सटेन' किया है (दूर रहे हैं)।

सुधार होने लगा। पांडे जी कमरे से बाहर निकले। मुस्कराने लगे, मगर खिन्नता के साथ। अध्यापकों से मिलते। मुझसे औपचारिक व्यवहार करते। मैं जानता था कि मेरी उपस्थिति उन्हें मानसिक अड़चन में डालती है।

अप्रैल आखिरी महीना था। पांडे जी ने क्लर्क के हाथ मुझे 'चार्जशीट' भिजवा दी। मैं उनके कमरे में गया। मैंने कहा—पांडे जी, चार्जशीट में कुछ नहीं है। इसकी जरूरत भी नहीं है। मुझे अब अलग हो जाना चाहिए। यह इस्तीफा है।

मैं दूसरे स्कूल में चला गया।

पांडे जी से मेरे स्नेह-सम्बन्ध बने रहे। वे बहुत अच्छी तरह मिलते थे। वे मेरी तारीफ भी करते थे। अध्यापक मुझे बताते कि कई मौकों पर, खासकर किसी समारोह के मौके पर, पांडे जी कहते हैं—आज परसाई जी होते तो कितना अच्छा समारोह होता।

पांडे जी ने शिक्षा का विस्तार किया। दो माध्यमिक विद्यालय और दो महाविद्यालय खोले।

चालीस साल हो गए। उनकी चर्चा अब भी जब-तब परिचितों में हो जाती है। ऐसे दुर्दम आशावाले व्यक्ति मैंने कम देखे हैं।

पंडित मुंदर शर्मा

छह फुट से ऊपर कद। तनिक साँवला रंग। लम्बी नुकीली नाक, बड़ी-बड़ी आँखें, बुलंद आवाज। चेहरे पर, आँखों में, हाथों में बेचैनी। खादी का कुरता-धोती। बोलने में भोजपुरीपन। ऐसा, जैसे शहर में आया कोई गाँव का भूमिपति।

यह रूप था पंडित मुंदर शर्मा का। वे बीड़ी उद्योगपति और राजनीतिज्ञ परमानंद भाई पटेल के दैनिक अखबार 'नवीन दुनिया' के सम्पादक थे। बिहार से दिल्ली आए थे। दिल्ली से जबलपुर आ गए। मैं 'नवीन दुनिया' में 'सुनो भई साधो' साप्ताहिक स्तंभ उनके आने से पहले से लिख रहा था। मेरी भेंट उनसे जब-तब हो जाती। प्रेस जाता तो देखता कि उनके दिमाग में कई बातें एक साथ हैं। वे कई काम एक साथ कर रहे हैं। सिगरेट के कश खींच रहे हैं। किसी कर्मचारी को डाँट रहे हैं—इस काम को आपने गड़बड़ कर दिया न! जानते हैं, ये कितनी जिम्मेदारी का काम है। दिमाग घर रखकर आते हैं। नौकरी करना है या नहीं।...और किसी दूसरे से नम्रता से कहते—देखिए न, इसको जरा ऐसा कर दीजिए। आप तो बुद्धिमान हैं। हम का आपको बतावें।...मैं क्षण-क्षण बदलनेवाले उनके 'मूड' और लहजे को देखता। उनका गुस्सा देखता। उनके लगातार अट्टहास सुनता।

एक दिन कहने लगे—परसाई जी, प्रोप्राइटर और मोरारजी भाई के बहुत अच्छे सम्बन्ध हैं। आप जानते हैं न। आप अपने स्तंभ में मोरारजी

भाई पर कटाक्ष करते हैं, व्यंग्य करते हैं। पर हम उसे निकालते नहीं। जैसे का तैसा छापते हैं। आपके लिखे को हम नहीं काटते।

मैंने कहा—आप कहें तो मैं मोरारजी भाई को छोड़ दूँ।

शर्मा जी ने कहा—नहीं, वो नहीं कहते हम। आप लिखिए। आप नहीं न लिखिएगा, तो ऐसा व्यंग्य कौन ससुरा लिखेगा। हम 'रिक्स' लेंगे। शर्मा जी को अँगरेजी आती थी, पर वे उच्चारण कभी-कभी अटपटा कर जाते थे। उच्चारण में भोजपुरी लहजा होता।

शर्मा जी ने इस शहर में एक-दो साल में अपना विशिष्ट स्थान बना लिया। पत्रकारिता में, सामाजिक जीवन में, राजनीति में, व्यापारी क्षेत्र में, शासन-तंत्र में सब कहीं मुंदर शर्मा। उन्हें पसन्द किया जा सकता था, उनसे नफरत की जा सकती थी, पर उनकी अवहेलना नहीं की जा सकती थी। वे काम बनाते थे। पर उनकी अवहेलना हुई तो अड़ंगा डाल देते थे। बेहद अक्खड़ और बेहद विनम्र। बेहद कठोर और बेहद नरम। बहुत भावुक। बहुत जल्दी उत्तेजित होनेवाले और बहुत जल्दी ठंडा होनेवाले। लोग कहते—यह दूर बिहार से आया आदमी सब जगह घुसा है। सब कहीं टाँग अड़ाता है। शर्मा जी अपने प्रति स्नेह और नफरत को जानते थे। उनके पास एक उपसम्पादक था। रंगदार था। दादा था। मालिक से सीधा सम्बन्ध रखता था। उसी के सामने मुझसे कहने लगे—अब ये हैं। हमारे मातहत हैं। हम इनके 'बॉस' हैं। मगर ये पाँच मुंदर शर्मा कुरते की इस जेब में रखते हैं और पाँच उस जेब में। शर्मा जी तरकीब से उसका उपयोग अपनी राजनीति तथा दूसरी लड़ाइयों में कर लेते थे। उनकी कई लड़ाइयाँ थीं।

मुंदर शर्मा बहुत संवेदनशील थे। किसी की व्यथा-कथा पर उनकी आँखों से आँसू निकलने लगते। सहायता तत्काल करते थे। वे बहुत अच्छे मित्र थे। उतने ही बुरे शत्रु थे। मित्र के लिए वे किसी की नाराजगी की परवाह नहीं करते थे। हमारे यहाँ एक पुलिस अफसर से उनकी आत्मीयता थी। उनके किसी अनियमित हस्तक्षेप की रिपोर्ट मुख्यमंत्री द्वारकाप्रसाद मिश्र तक पहुँच गई थी। शर्मा जी बौखलाए हुए थे। मुख्यमंत्री जबलपुर आए तो दूसरे नेताओं ने भर दिया कि वह अनधिकार से उस क्षेत्र में गया। सर्किट हाउस में मिश्र जी को बहुत लोग घेरे बैठे थे। किसी ने उस

अफसर के बारे में पूछा तो मुख्यमंत्री ने कह दिया—उसकी गलती है। अमुक-अमुक ने मुझसे कहा कि वह वहाँ गया था। उत्तेजित होकर शर्मा जी खड़े हो गए और बोले—मिश्र जी, आप मुख्यमंत्री हैं। हमारे मालिक आपके मंत्रिमंडल में हैं। आप नाराज हो जाएँगे तो हम नौकरी से निकाल दिए जाएँगे। फिर भी हम सत्य के लिए 'रिक्स' लेते हैं। आपने नेताओं से पूछा। आपने डी. आई. जी. से क्यों नहीं पूछा कि क्या वह उनके हुक्म से वहाँ गया था या अपनी इच्छा से। आप अन्याय कर रहे हैं और अन्याय तो ईश्वर का भी बरदाश्त नहीं किया जाता। मिश्र जी ने डी.आई.जी. से पूछा। डी.आई.जी. ने कहा कि मैंने उसे वहाँ भेजा था। मेरी जानकारी में कई मित्रों के लिए शर्मा जी ने अपने नुकसान का खयाल किए बिना बहुत कुछ किया। पर वे जिसके पीछे पड़ जाते, उसकी भी खैर नहीं थी।

मेरे-उनके अच्छे सम्बन्ध थे। वे अपनी बात मुझसे कहते थे। कभी-कभी कोई समस्या हल करने में मेरी सहायता भी ले लेते थे। होली का जुलूस राष्ट्रीय आन्दोलन के केन्द्र तिलक-भूमि से निकला करता था। एक साल गल्ला बाजारवालों ने हठ पकड़ा कि जुलूस यहाँ से निकलेगा। तिलक-भूमिवाले भी हठ पर थे। शर्मा जी के राग-द्वेष के सम्बन्ध बहुत थे। आखिर मिली-जुली मीटिंग बुलाई गई। शर्मा जी गल्ला बाजारवालों के पक्षधर थे। मीटिंग का अध्यक्ष मुझे बना दिया। बड़ी देर बहस चली। तब शर्मा जी ने कहा—हम निर्णय परसाई जी पर क्यों न छोड़ दें। वे निष्पक्ष हैं, ज्ञानी हैं, विवेकवान हैं। महान लेखक हैं। वे जो निर्णय दें, हम स्वीकारें। सब राजी हो गए। मैंने निर्णय दिया—होली का जुलूस गल्ला बाजार से शुरू होगा, मिलौनीगंज तक जाकर लौटेगा और तिलक-भूमि में समाप्त होगा। तिलक-भूमि में फागें गाई जाएँगी, कविताएँ पढ़ी जाएँगी और विसर्जन होगा।

दोनों पक्ष सन्तुष्ट हो गए। शर्मा जी बहुत खुश। बोले—गल्ला बाजारवालों में आपने मेरी प्रतिष्ठा रख ली।

पहले वे मुझे भारत का महान लेखक कहते थे। एक उलझन से उन्हें निकाला तो मुझे एशिया का महान लेखक कहने लगे। होली की समस्या का उनके पक्ष में हल कराने पर वे मुझे विश्व का महान लेखक सार्वजनिक उत्सवों में कहने लगे।

पंडित मुंदर शर्मा

शर्मा जी बहुत मेहनती और धुन के पक्के थे। अखबार तो वे अच्छा निकालते ही थे। उन्होंने तय किया कि शहर में 'पत्रकार भवन' बनेगा। यह निश्चय पत्रकार संघ का था। पर शर्मा जी दीवाने हो गए। धुन लग गई तो लग गई। धन इकट्ठा करने में वे लग गए। दो-मंजिला बढ़िया 'पत्रकार भवन' बन गया।

बांग्ला देश-युद्ध के समय 'बांग्ला देश सहायता समिति' बनी। मैं अध्यक्ष था और शर्मा जी सचिव। धन इकट्ठा करके तुरन्त भेजना था। सुबह शर्मा जी मेरे साथ निकले। पहले गल्ला बाजार गए, फिर गुरंदी बाजार। एक दिन में ही बहुत पैसा मिल गया। वे जहाँ जाते वहाँ उन्हें पैसा मिलता था। वे बहुत लोगों का काम कराते थे। बहुत लोगों की सहायता और उपकार करते थे। उसी दौरान तीन प्रोफेसर पूर्वी पाकिस्तान से कलकत्ता आए। उन्हें भारत-भ्रमण कराना था बांग्ला देश के पक्ष में प्रचार के लिए। विश्वविद्यालयों और कॉलेजों के अध्यापकों के राष्ट्रीय संगठन के महासचिव मृण्मय भट्टाचार्य उन्हें कलकत्ता से सीधे जबलपुर ले आए। मृण्मय हमारे पूर्व परिचित थे। इस प्रतिनिधिमंडल के निवास, भोजन आदि का बढ़िया इन्तजाम शर्मा जी ने किया।

उनके उत्साह ने एक बार हमें चक्कर में डाल दिया। प्रगतिशील लेखकों का राष्ट्रीय सम्मेलन होना था। पैसा इकट्ठा करना था। शर्मा जी ने भी धनसंग्रह का जिम्मा ले लिया। हमारे साथी डॉ. श्याम सुन्दर मिश्र से उन्होंने दस रसीद बहियाँ ले लीं। तीन-चार दिन बाद श्यामसुन्दर को डिप्टी मेयर मिल गए। उन्होंने पचास रुपए की रसीद बताई और कहा—मिश्र जी, ये पचास रुपए नगर निगम के किसी ओवरसीअर ने गरीब खोमचेवाले को धमकी देकर लिए हैं। यह आप लोग क्या करते हैं। रिपोर्ट क्लेक्टर को भी पहुँच चुकी है। श्यामसुन्दर ने मुझसे कहा। शर्मा जी ने रसीद बहियाँ नगर निगम के अधिकारियों, आर.टी.ओ., विक्रयकर-अधिकारियों को दे दी थीं कि पैसा इकट्ठा करके दो। मैंने श्यामसुन्दर से कहा कि तुम सब रसीद बहियाँ शर्मा जी से वापस ले आओ। दूसरे दिन श्यामसुन्दर शर्मा जी के घर पहुँचे। श्यामसुन्दर के शब्दों में—बैठा ही था कि कलेक्टर का फोन आया। उसने इस तरह चंदा इकट्ठा करने की शिकायत की। जवाब में शर्मा जी ने कहा—कलेक्टर साहब, चंदा और किस तरह होता है। पिछले महीने

महिला हॉकी का राष्ट्रीय टूर्नामेंट हुआ था। उसके लिए आप लोगों ने चंदा किनसे इकट्ठा करवाया था? नगर निगम, आर.टी.ओ., विक्रय-कर और पुलिसवालों से। ठीक है न। हॉकी बड़ी कि साहित्य? खिलाड़ियों के लिए चंदा कर सकते हैं और लेखकों के लिए नहीं। और फोन रख दिया। श्यामसुन्दर जहाँ-तहाँ से रसीद बहियाँ ले आए। बाद में शर्मा जी ने मुझसे कहा—आपके ये श्यामसुन्दर जी 'टेक्टफुल' नहीं हैं। मैं समझ गया कि 'टेक्टफुल' से उनका मतलब कैसी कार्य-विधि से है। मैंने कहा—ये अध्यापक लोग हैं, सीधे हैं।

शर्मा जी विकट संगठनकर्ता थे। सन् 1977 के चुनावों में कांग्रेस का सफाया हो गया था। पाँच-छह महीने बाद जबलपुर नगर निगम के चुनाव थे। शर्मा जी जुट गए। कांग्रेस जीती और शर्मा जी मेयर हो गए। यह कांग्रेस की पहली जीत थी। वे दिल्ली में इंदिरा गांधी से मिले। इंदिरा जी ने शर्मा जी की पीठ ठोंकी। अब वे मध्यप्रदेश कांग्रेस के अध्यक्ष हो गए।

सन् 1980 में जबलपुर से लोकसभा का टिकिट उन्हें मिला। वे चुनाव-प्रचार में लग गए। एक दिन मेरे पास आए। बड़े उत्साह से बताया कि किस तरह लोग अपने आप समर्थन दे रहे हैं। फिर बोले—आप भी तो कुछ सुझाव दीजिए। मैंने कहा—मेरी एक ही सलाह है—आप डेढ़ महीने विनम्र हो जाइए। शर्मा जी ने तपाक से कहा—मैं तो विनम्र हो चुका। अभी अवस्थी जी से मिलकर और हाथ जोड़कर आ रहा हूँ। आप जानते हैं न, वे विरोधी खेमे के हैं। मैंने कहा—शर्मा जी, आपके झुकने और हाथ जोड़ने में भी हमला होता है। वे हँसने लगे। बोले—ठीक ही कहते हैं आप। देखिए न, ऐसी हमारी बोलने की और व्यवहार की आदत ही पड़ गई है। तकनीक समझते हैं न आप। वही है यह। ये तकनीक ससुरी छूटती नहीं है।

जिसे वे अपनी तकनीक कहते थे, वह उनकी प्रवृत्ति थी—आ बैल, मुझे सींग मार। बिना झंझट के सामान्य रूप से वे रह नहीं सकते थे। झंझट खुद खड़ा करते, लड़ाई खुद मोल लेते और फिर लाल-पीले होते, उत्तेजित होते, लड़ते। फिर या तो परास्त करते या समझौता कर लेते। दशहरे पर गंजीपुरा में सड़क-किनारे दुर्गा और महिषासुर की प्रतिमाएँ रखी थीं। अच्छी झाँकी थी। उसे शर्मा जी ने शाम को देखा। कुछ खटका। प्रेस आए और लिख दिया कि गंजीपुरा की झाँकी में राक्षस की प्रतिमा

अश्लील है। सुबह के अखबार में यह प्रकाशित हो गया। मैं और 'देशबन्धु' सांध्य दैनिक के सम्पादक मायाराम सुरजन गंजीपुरा की सड़क से निकले। वहाँ चमनभाई की दुकान थी। चमनभाई बहुत अच्छे काष्ठशिल्पी हैं। पर वे भी उलझनेवाले और गर्म बहस करनेवाले हैं। उन्होंने हमें रोककर कहा—आप लोग हमारी झाँकी देखिए। ध्यान से देखिए। हमने देख लिया। चमनभाई ने पूछा—इसमें कोई अश्लीलता है? राक्षस में कोई अश्लीलता है? हमने कहा कि नहीं है। चमनभाई क्रोध से बोले—फिर बीड़ी सेठ का नौकर वह मुंदर शर्मा क्यों छापता है कि राक्षस में अश्लीलता है? अब इधर से निकलेगा तो उसकी टाँग तोड़ दी जाएगी। वहाँ मुहल्ले के बीस-पच्चीस युवक इकट्ठे हो गए। मैंने समझाया—चमनभाई, झगड़ा मत कीजिए। ये मायारामजी का अखबार शाम को निकलेगा। आप इन्हें प्रतिवाद लिखकर दे दीजिए। ये छाप देंगे। उन्होंने प्रतिवाद लिख दिया, पर गुस्सा शान्त नहीं हुआ।

मैं प्रेस शर्मा जी के पास पहुँचा। मैंने कहा—वह गंजीपुरा की झाँकी की बात आपने क्यों छाप दी? शर्मा जी पर वीर भाव छाया था। उन्होंने पूछा—आपने वह झाँकी देखी है? राक्षस की प्रतिमा ध्यान से देखी है? राक्षस की प्रतिमा में अश्लीलता नहीं है? हम क्या झूठ बोलते हैं? मैंने कहा—मैंने और मायाराम ने ध्यान से देखा। कुछ अश्लील नहीं है। वे बोले—आपने दाहिने 'ऐंगिल' से नहीं देखा होगा न! वहाँ से राक्षस का गुप्तांग दिखता है! मैं हँसा। कहा—आप इस 'ऐंगिल' से देखने क्यों पहुँच गए? आप लड़ाई मोल लेते हैं। कल के अखबार में प्रतिवाद छाप दीजिए और गंजीपुरा की तरफ आज मत जाइए।

मैं समझाकर लौट आया। बाद में मालूम हुआ कि किसी के कहने से वे उत्तेजित हो गए। बोले—ऊ जो चमनवा है न, उससे हम डरते नहीं हैं। हम गंजीपुरावालों से नहीं डरते। रण में हमहिं प्रचौरे कोई—लड़ैं सुखेन काल किन होई। जानते हैं, यह राम ने कहा है।—उन्होंने पिस्तौल उठाई और चल पड़े गंजीपुरा की तरफ। प्रेस के लोगों ने बहुत रोका, पर वे नहीं माने। तब प्रेस से पुलिस को फोन किया गया। रास्ते में उन्हें पुलिस के टाउन इन्सपेक्टर ने रोका और समझाया—महाराज, आप उधर मत जाइए। हम आपको नहीं जाने देंगे। तब शर्मा जी लौटे।

एक बार छाप दिया कि सरकारी अस्पताल के इमरजेंसी कमरे में अमुक डाक्टर नर्सों के साथ रंगरेलियाँ मनाते हैं। डाक्टर ने मानहानि का दावा कर दिया। शर्मा जी के मालिक का दामाद भी उसी अस्पताल में डाक्टर था। उसने अपने ससुर से शिकायत की। मालिक ने शर्मा जी को डाँटा और कहा कि समझौता करके मामला उठवाइए। हमारी बदनामी हो रही है। तब शर्मा जी मेरे पास आए। भूमिका बाँधी—देखिए न, प्रश्न नैतिकता का है। नैतिकता की रक्षा करना हमारा कर्तव्य है। हम पत्रकार समाज के रखवाले नहीं न करेंगे, तो कौन ससुरा करेगा? बोलिए न, बोलते क्यों नहीं? क्या आप भी रंज हैं, हमारे प्रोप्राइटर की तरह?

मैंने कहा—हुआ क्या, यह बताइए।

शर्मा जी बोले—और का होने का है। वो डाक्टरवा मानहानि का मुकदमा कर दिया है। आपसे उसके अच्छे सम्बन्ध हैं। समझौता करवा दीजिए न।

मैंने कहा—डाक्टर को खर्च देना पड़ेगा। और ऊपर से कुछ रकम भी।

शर्मा जी ने कहा—सो हम रीजनेबुल होगा तो देंगे। हम कोई छोटी पार्टी नहीं हैं न!

मैंने डाक्टर से बात की। पूछा—कितने रुपए दिला दूँ केस वापस लेने के लिए? उसने कहा—आप क्यों इसमें दिलचस्पी ले रहे हैं। उन्हीं को निपटने दीजिए। मैंने कहा—तुम जानते हो, शर्मा जी से मेरे अच्छे सम्बन्ध हैं। वे समझौता करने को तैयार हैं। मामला चला तो अदालत में गवाहियाँ कराएँगे वे। झूठ हों या सच, तुम्हारी तो फजीहत होगी। वे समाचार का खंडन भी प्रकाशित कर देंगे।

समझौता हो गया।

दिल के दौरे से शर्मा जी की मृत्यु तब हो गई, जब वे एक छलाँग और लगानेवाले थे।

नत्थूलाल सराफ

अरे वाह! हाहाहाहा! हीहीहीही! हाहाहाहाहा! देर तक अनुगूँज!

नत्थूलाल सराफ किसी बन्धु को सड़क पर देखते ही वहीं तत्काल खड़े होकर, बिना नमस्कार वगैरह किए, बिना कुछ बोले एक मिनिट तक 'हाहा-हीही' करते थे। यह भीतर से निकली उत्फुल्लता कम, रिफ्लेक्स ज्यादा होती थी। दूसरा आदमी हतप्रभ खड़ा रहता और राह चलते आदमी रुककर देखने लगते।

फिर वे बातचीत करते। पास के होटल में चाय पिलाते। गम्भीर बात वे बहुत कम करते। हल्की-फुल्की बातें करते और ठहाका लगाते। बात हँसने लायक नहीं है, सुननेवाले को मुस्कान भी नहीं आती, पर वे ठहाका लगाते। मेरा खयाल है, गम्भीर बात न निकल पड़े इससे बचने के लिए वे अगम्भीर बने रहते थे। गम्भीर बात होगी तो वे अड़चन में पड़ेंगे। उन्हें गम्भीरता से कम लिया जाता था। वे हीनता की भावना से ग्रस्त आदमी थे। इस पर विजय पाकर वे उच्चता का धोखा अपने को और दूसरों को देने के लिए, अजब-गजब रुख अख्तियार करते थे। उनमें साहस नहीं था, पर वे इस हीनता को दबाने के लिए कभी-कभी दुस्साहसिक काम कर बैठते। किसी पर क्रोध करके उससे खूब जोर से अपशब्द कहते और फिर यह बोध होते ही कि यह नाराज हो जाएगा, वे ठहाका लगाते और कहते—'अरे मजाक कर रहा था यार! चलो चाय पिएँ।' और 'हाहा-हीही' करने लगते।

वे चेहरे को लाल करके लड़कों से कहते—मैं तुम्हें हरगिज नहीं जाने दूँगा। यहीं बैठो और घंटा-भर पढ़ो। समझते क्या हो। इस छड़ी से चमड़ी उधेड़ दूँगा। और दूसरे ही क्षण 'हाहा-हीही' करते हुए कहते—अरे, जाओ खेलो। मैं तो यों ही भभकी दे रहा था।

नत्थूलाल सराफ जबलपुर के हितकारिणी हाईस्कूल में अध्यापक थे। यह कोई तीस-पैंतीस साल पहले की बात है। 'हितकारिणी सभा' सबसे पुरानी शिक्षण संस्था है। अब तो इसके कई स्कूल और कॉलेज चलते हैं। जब की बात कर रहा हूँ तब सिर्फ एक हाईस्कूल और एक कला महाविद्यालय था। हितकारिणी सभा और स्कूल राजनीति के अड्डे थे।

सराफ जी मस्तमौला आदमी थे। निस्संतान थे। अपना मकान था। कोई जिम्मेदारी थी नहीं। मजे-मौज में गप्पें करते और ठहाका लगाते जिन्दगी गुजारते थे। 'सराफ मास्साब' सारे शहर में मशहूर थे। तब शहर की आबादी कुल डेढ़-दो लाख होगी। अब दस लाख है। तब उन्हें सब जानते थे। उनका अकारण ठहाका लगाना मशहूर था। मैं तब नवोदित लेखक था। मेरा परिचय उनसे कराया गया तो वे दो मिनिट तक मेरा हाथ अपने हाथ में लिए हँसते ही रहे। फिर मेरी तारीफ करते रहे। मैं अत्यन्त प्रिय पात्र हो गया। वे वास्तव में मेरे सच्चे प्रशंसक थे और मुझे बहुत प्यार करते थे। मैंने पहली पुस्तक खुद छपाई थी और बेचता था। सराफ जी अपने कन्धे से लटके शान्तिनिकेतनी झोले में मेरी पुस्तकें रखे रहते और बेचते। फिर जब उनका मोह सीमा पार कर गया तो एक दिन मेरी पाँच कहानियों को लेकर एक छोटी, बीसेक पृष्ठों की पुस्तिका की पाँच हजार प्रतियाँ छपा लीं। वे मिस्त्री के होटल में कहते—ये चीजें जनता तक जानी चाहिए। कुल पचीस पैसे की यह पुस्तिका है। मैं चौराहों पर बेचूँगा। बंबई में चौपाटी पर बेचूँगा। दिल्ली में कनॉट प्लेस पर बेचूँगा। मगर लगभग सौ तो बिकीं, बाकी रद्दीवालों को बेचनी पड़ी। सराफ जी को उत्साह आता, तो वे आगा-पीछा सोचे बिना कुछ भी कर डालते। वे सनकी नहीं थे। पर 'व्हिम' पर कुछ कर बैठते थे। उन्हें उत्साह आता तो वे ट्रक के सामने भी खड़े हो जाते—देखो, अभी ट्रक रोककर बताता हूँ।

मिस्त्री के होटल में शाम को मंडली जमा होती। सराफ जी ठहाका लगाते प्रवेश करते—वाह, जमी है मंडली! हाहाहा-हीहीही—मिस्त्री, सबके

लिए चाय लाओ। मिस्त्री मुस्कराते हुए कहते—अरे अपनी हाहा-हीही तो पूरी कर लो, फिर चाय पीना। ठसका लग जाएगा। ज्यादा बोलने के कारण जबान फिसल भी जाती थी।

वे साहित्य संघ के मंत्री थे। एक आयोजन में कवि डॉ. मलय को कुछ काम सौंपा। काम खत्म होने पर मलय को होटल में मिठाई खिलाई और बोले—हर आदमी से काम लेते हैं तो उसे खिलाते भी हैं। मलय को तैश आ गया। आस्तीन चढ़ा ली। बोले—मुझे तुम क्या दैनिक मजदूर समझते हो। अभी ठीक कर दूँगा। सराफ जी ने ठहाका लगा दिया।

सराफ जी महफिल पसन्द आदमी थे। वे स्नेही थे। उदार थे। किसी का बुरा करने का नहीं सोचते थे। दूसरों की मदद करने को तत्पर रहते थे। मित्रों को खिलाने-पिलाने में उन्हें बहुत सुख मिलता था। वे हमेशा प्रसन्न मिलते थे। ऐसा नहीं है कि उनका दुख और उदासी का क्षण न आता हो। ऐसे क्षण आते होंगे, पर वे अपनी उदासी मित्रों को बाँटते नहीं थे। एकाध बार मैंने उन्हें गिरावट में देखा था। वे जानते थे—

रहिमन निज मन की व्यथा, मन ही राखो गोय
सुनि इठलैहें लोग सब, बाँट न लैहे कोय॥

और—

Laugh and the world laughs with you.
Weep and you weep alone.

उन्हें वायु-रोग था। बहुत 'गेस्टिक' थे। गैस के रोगी को भोजन पर नियंत्रण रखना चाहिए। पर सराफ जी की जीभ में संयम नहीं था। वे चटोरे थे। चाट खाते थे। भजिया, कचौड़ी वगैरह खा लेते थे। लड्डू खाना भी उनका शौक था। वे स्कूल आते तो पत्नी डिब्बे में चारी-छह लड्डू रख देती थी। दोपहर की छुट्टी में वे डिब्बा खोलते, एक लड्डू खाते और बाकी साथी अध्यापकों को खिला देते। इस चटोरेपन के कारण वे वायु-पीड़ा भोगते थे। पेट में वायु भर जाती और वे बिस्तर पर घंटों उलट-पुलट करते हुए वायु निकालते। पर पकौड़े, कचौड़ी तब भी नहीं छोड़ते थे। वायु उठती तो उनका व्यवहार भी असामान्य हो जाता। वायु-प्रकोप और घबड़ाहट के कारण उनका अंग-अंग फड़कता था। हाथ, अँगुलियाँ, नाक, भौंहें, कान सब फड़कते थे। पहले 'मसल' (मांस-पेशियों) के करतब

दिखानेवाले स्कूलों में आते थे। वे अंग फड़काकर, मांस-पेशियों के चमत्कार दिखाकर रोजी-रोटी कमाते थे। एक ऐसा आया था। उसने हिताकारिणी स्कूल में छात्रों को करतब दिखाए। फिर वह बड़ी देर तक सराफ मास्साब को देखता रहा। बोला—मास्साब, आप तो मुझसे भी ज्यादा कमाल दिखाते हैं। मैं कान की लोरियाँ नहीं फड़का सकता। आप फड़का लेते हैं।

एक दिन घर में सराफ जी गैस-पीड़ित लुढ़क-पुढ़क रहे थे कि बाबू रामानुजलाल श्रीवास्तव का नौकर आया। रामानुज जी इंडियन प्रेस के एजेंट थे। सराफ जी कुछ किताबें ले आए थे, जिनके दाम तब तक नहीं चुकाए थे। रामानुज जी ने इंडियन प्रेस के चपरासी को तकाजे के लिए भेज दिया। सराफ जी की वायु दिमाग तक चढ़ गई थी। उन्होंने नौकर को खूब गालियाँ दीं और छड़ी मार दी। रामानुज बाबू और सराफ जी के बहुत अच्छे सम्बन्ध थे। पर जब नौकर ने जाकर रामानुज बाबू से शिकायत की कि उन्होंने मुझे गालियाँ दीं और छड़ी मारी तो उन्हें बहुत क्रोध आया। उन्होंने थाने में रिपोर्ट कर दी। इन्स्पेक्टर सराफ जी को जानता था। उन्हें कौन नहीं जानता था। इन्स्पेक्टर ने सिपाही को नहीं भेजा, खुद गया। रिपोर्ट के बारे में बताया। सराफ जी की काफी वायु निकल चुकी थी, पुलिस इन्स्पेक्टर को देखकर बाकी भी निकल गई। इन्स्पेक्टर ने कहा—मुझे आपको 'टेक्निकली' ही सही, गिरफ्तार करना पड़ेगा। रामानुज बाबू जिद्दी आदमी हैं, गिरफ्तार न किया तो ऊपर मेरी रिपोर्ट कर देंगे। सराफ जी घबड़ा गए। इन्स्पेक्टर ने कहा—आप जाइए बाबू रामानुजलाल जी के पास और रिपोर्ट वापस कराइए। सराफ जी रिक्शे में बैठे और रामानुज जी के पास पहुँचे। उन्हें देखकर रामानुज बाबू बोले—तुम्हें पुलिस हवालात में होना था। तुम यहाँ कैसे आए? मैं एस. पी. को फोन करता हूँ। सराफ जी ने हाथ जोड़कर कहा—पहले मेरी सुन लीजिए। रामानुज बाबू भड़के—क्या सुनूँ? तुम असभ्य हो, जंगली हो। बूढ़े नौकर को मारा तुमने। मुझे मार लेते। मैं बरदाश्त कर लेता। नौकर का मारा जाना बरदाश्त नहीं करूँगा। आखिर सराफ जी ने कहा—मुझसे भूल हुई। बात यह हुई कि गैस मेरे सिर तक चढ़ गई थी। इसलिए वह बेवकूफी कर बैठा। मैं नौकर से माफी माँगता हूँ। मेरी इज्जत बचा लीजिए। रामानुज बाबू 'गैस' की बात

पर खूब हँसे। बोले—मैं सक्सन पम्प बुलवा दूँ! 'मूड' ठीक हो गया। उन्होंने रिपोर्ट वापस ले ली। फिर सराफ जी के साथ चाय पी।

तब हितकारिणी सभा पर एक अवस्थी परिवार का कब्जा था। इस परिवार का आतंक था। एक भाई अध्यक्ष था और दूसरा भाई सचिव। ऐसा भी होता था कि सभा की बैठक में कोई सदस्य अधिक विरोध करे तो उसे अवस्थी के लोग उठाकर खिड़की के बाहर फेंक देते थे।

इस स्कूल के हेडमास्टर रिटायर हुए। नया हेडमास्टर बनने के तीन उम्मीदवार थे—पुरुषोत्तम लाल तिवारी, मोहनलाल अग्रवाल और नत्थूलाल सराफ। इनमें से किसी को न बनाकर प्रबन्ध समिति ने बाहर से एक व्यक्ति बुलाकर उसे हेडमास्टर बना दिया। इन तीनों ने अपील की सभा को और पूरी हितकारिणी सभा की बैठक की तारीख तय हुई। इन तीनों को अपना पक्ष रखने के लिए कहा गया। ये लोग हम लोगों के साथ बैठकर योजना बनाते थे कि क्या कहेंगे। सबसे ज्यादा जोश में नत्थूलाल सराफ थे। कहते थे—ऐसे तर्क दूँगा कि धुर्रे उड़ जाएँगे। ऐसी धाँधली चलेगी नहीं।

सभा बैठी। कार्यवाही शुरू हुई। सबसे पहले पुरुषोत्तम लाल तिवारी बोले और बहुत जोरदार बोले। मोहनलाल अग्रवाल भी अच्छा बोले। नत्थूलाल सराफ को बुलाया गया। वे मंच पर गए। सामने अवस्थी लोगों को देखा तो न जाने उन्हें क्या हुआ, वे हाथ जोड़कर बोले—मुझे केवल इतना कहना है कि प्रभु मोरे अवगुन चित न धरो। —और बैठ गए।

हम कुछ मित्रों की बैठक 'यूनिवर्सल बुक डिपो' में थी। मालिक शेषनारायण राय हमारे मित्र हैं। दर्जनों मित्र और मुलाकाती वहाँ मिलने आते। कुछ बैठते भी। नौ बजे दुकान बन्द होने तक मैं और मेरे मायाराम सुरजन तो वहाँ रहते ही। राम साहब मेरे पड़ोस में ही रहते थे। नत्थूलाल सराफ भी महफिल में अक्सर आते। दुकान बन्द होने पर हमें आगे के होटल ले जाते और कुछ नमकीन खिलाते तथा चाय पिलाते।

मगर एक वक्त आया और सराफ जी एकदम बदल गए। वे रिटायर हो गए। धीरे-धीरे उनकी हँसी कम होती गई और फिर एकदम गायब हो गई। उन्होंने मिलना-जुलना कम कर दिया। बैठक के अड्डों पर नहीं आते थे। यूनिवर्सल बुक डिपो में हम लोग अब भी बैठते थे। मगर सराफ जी

सड़क के दूसरे किनारे से हमारी तरफ बिना देखे कभी-कभी निकल जाते। बहुत उदास खोए-खोए-से वे राह चलते थे। हम चर्चा करते कि इस ज़िन्दादिल आदमी को, महफिल-प्रेमी आदमी को हो क्या गया? कोई कहता—आर्थिक कष्ट में हैं। कुल पाँच हजार रुपए प्रॉविडेंट फंड मिला था, सो खा गए। अब गहने बेचकर चला रहे हैं। मगर उनको ज्यादा जाननेवाले कहते कि उनका लाखों रुपया बैंक में जमा है। उनकी गिरावट का कारण पारिवारिक झंझट है।

एक ज़िन्दादिल आदमी इस तरह बुझ गया, एकाएक। हमने खामख्वाह उनसे पूछा नहीं, न उन्हें छेड़ा। वे बुरा मान जाते।

बहुत जल्दी सराफ जी की मृत्यु हो गई। सुना, चार लाख रुपए बैंक में छोड़ गए हैं। सच या झूठ, हमें पता नहीं।

पी.के. ठाकुर

लगभग 1944 की बात है। मैं उस समय केवल परसाई 'मास्साब' था। मॉडल हाईस्कूल में अध्यापक था। पचास रुपए वेतन मिलता था। जबलपुर में अंजुमन इस्लामिया के पीछे एक श्रीनाथ की तलैया है। तब वह गोल बड़ा मैदान था। उसके आसपास मकानात थे। इन्हीं में सतना बिल्डिंग नम्बर दो थी, जिसमें कई फ्लैट थे। इनमें से एक में, मैं रहा करता था। किराया ग्यारह रुपए था। मेरे दो सीनियर साथी अध्यापक भी वहीं रहते थे।

तब लिखता नहीं था। पढ़ने का नशा जरूर था। किताबें और अखबार चाटता रहता था। मैं काफी पढ़ा-लिखा और कुशल 'टेबिल टाकर' माना जाता था।

मेरे रोज निकलने के रास्ते पर एक दुमंजिला इमारत की ऊपरी मंजिल पर एक गोल-मटोल भरे गालों का हँसमुख आदमी रहता था। मेरी उम्र तब तेईस साल की थी। इस आदमी की उम्र तीस-बत्तीस के करीब थी। मैं उसे रोज देखता था और वह मुझे देखता था।

मैंने एक-दो लोगों से पूछा तो उन्होंने बताया कि यह पी.के. ठाकुर हैं—प्रसिद्ध साम्यवादी नेता। एक दिन मैं पी.के. के सामने से निकला तो उन्होंने रोका। कहा—एक ही मुहल्ले में रहकर हम एक-दूसरे से परिचित नहीं हैं। मेरे बारे में तो जान ही गए होगे। आप मॉडल हाईस्कूल में हैं न। आओ, चाय पीओ।

पी.के. मुझे ऊपर ले गए। चाय पी। बातें हुईं। पी.के. ने पूछा—Model High School has a great name. What is special about it? मैंने कहा—It is a model of what a school should not be. पी. के चौंके। सचमुच चौंककर मेरी तरफ लगातार देखते रहे। मैंने कहा—वहाँ 60 प्रतिशत नम्बर से कमवालों को लेते नहीं। ट्रेनिंग कॉलेज के शिक्षार्थी अध्यापक पढ़ाने आते हैं। उनका बचा हक पूरा करते हैं। जब फर्स्ट क्लास छात्र ही लेंगे तो रिजल्ट अच्छा आएगा। हम अध्यापक बहुत साधारण हैं। मॉडल स्कूल से अच्छे अध्यापक दूसरे प्राइवेट स्कूलों में हैं। पी.के. ने कहा—I admire your frankness.

घंटा-भर किताबों पर बातें होती रहीं। पी.के. हिन्दी, अंग्रेजी, मराठी, बांग्ला, उर्दू भाषाएँ जानते थे। खूब अध्ययनशील थे। परम बौद्धिक। वे सच्चे अर्थों में इंटेलेक्चुअल थे।

मेरी-उनकी मुलाकातें काफी होने लगीं। धीरे-धीरे 'आप' छूट गया और हम एक-दूसरे के लिए 'तुम' हो गए। फिर यारबाजी होने लगी। पी.के. भी अड्डेबाजी के शौकीन थे। वे विद्याव्यसनी थे। हम दोनों पुस्तकों का आदान-प्रदान करते। वे संस्कृत साहित्य के पंडित थे। उन्हें 'मृच्छकटिकम्' पसन्द था, भवभूति और बाणभट्ट के प्रशंसक थे। आखिरी दिनों में जब हम दोनों प्रौढ़ हो गए, उनकी जिज्ञासा थी—यह 'श्रेष्ठि' संस्कृत के साहित्य में पहली बार कहाँ आया? सेठी, सेठ इसी से बने हैं। मेरा खयाल है 'मृच्छकटिकम्' में पहली बार 'श्रेष्ठि' आया है।

मेरी रचनाएँ 'प्रहरी' साप्ताहिक में छपीं। पी.के. ने पढ़ीं। तारीफ की। कहने लगे—यार, ढील मत डालना। गोर्की पढ़ लिया न? और चेखव? मैंने बताया कि दोनों पढ़ लिए। गोर्की का तिलमिला देनेवाला यथार्थ व चेखव की कहानियाँ मुझे बहुत पसन्द हैं।

कोई राजनीति की बात उन्होंने नहीं की। मैं कुछ साल समाजवादियों के साथ रहा। उनसे छूटा तब मेरी उनसे राजनीति पर बातें शुरू हुईं। उन्हें बहुत ज्ञान था। मैं उनसे बातचीत में ही सीखता जाता था। पुस्तकें पढ़ता ही था। 1953-54 के बाद मेरी उनसे घनिष्ठता बहुत बढ़ी। तब मैं मार्क्सवाद का कुछ अध्ययन कर चुका था। दूसरे साहित्य के सिवा समाजवादी साहित्य भी बहुत पढ़ता। मैं साम्यवादी पार्टी के नजदीक आ गया था।

विश्व-शान्ति परिषद और भारत-रूस सांस्कृतिक संघ में काम करने लगा था। पहले शान्ति सम्मेलन की आयोजन समिति का मैं सचिव था। इसमें गांधीवादी अर्थशास्त्री जे.सी. कुमारप्पा और प्रो. महेशदत्त मिश्र आए थे। जे.सी. कुमारप्पा के साम्राज्यवाद विरोधी भाषण सुनकर हम दंग रह गए।

पी.के. का पूरा नाम प्रसन्न कुमार ठाकुर था। वे मैथिल थे। एक सच्चे साम्यवादी थे—Deboted से आगे बढ़कर Dedicated तक। वे बहुत काम करते थे। मुझसे इतने निकट के सम्बन्ध होते हुए भी कभी उन्होंने पार्टी के भीतर की समस्याओं या आपसी झगड़ों की बात नहीं की। मुझे दूसरे जरियों से बातें मालूम थीं, पर मैंने उनसे कभी कोई जिज्ञासा नहीं की। हमारी वैयक्तिक और वैचारिक भिन्नता थी। एक बार मैं बीमार पड़ा। पी.के. को खबर मिली तो आए। बोले—मी विचारते हे काय चाललू आहे? तुमाला बीमार पड़नाची परवा कोणी दीली? हे काय गम्मत आहे काय? चला। अता माझा बरोबर डाक्टर कडे चला। पेशाब की जाँच हुई। टाइफाइड निकला। पी.के. ने खूब सेवा की। खुद भी की और साथियों को भी भेजते रहे। वे बड़े से बड़े संकट में हँसते रहते थे। किसी मित्र को मुँह लटकाए चिंतित देखते तो कहते—इतना खूबसूरत चेहरा है। उसे लटकाए क्यों हो? बताओ, क्या बात है?

मेरी लम्बी बहसें होती थीं। 'डाक्टर जिवागो' पर, 'फर्स्ट सर्किल' पर, 'कैंसर वार्ड' पर। मैंने उन्हें एक हंगेरियन समाजशास्त्री के लेख का सार बताया। समाजशास्त्री ने लिखा था, मेरा एक सबसे प्रतिभावान छात्र एकदम बदल गया। दाढ़ी बढ़ा ली, उदास रहने लगा, लड़कों से कतराने लगा, असामाजिक हो गया। लड़कों ने मुझसे कहा—सर, वह प्रतिक्रियावादी हो गया है। मैंने उसे बुलाया और सीधे पूछा—

आर यू अ रिएक्शनरी?

उसने कहा—नो सर, आई एम नाट अ रिएक्शनरी आई एम डाउटिंग...

उसने बताया कि जिन्दगी की यह एकरूपता, यह मशीनीकरण, यह वहशीपन—इन पर मैं सोचता हूँ। एकरसता है। मेरा पिता हर तीन महीने में खूब मिठाई लेकर आता है। कहता है—कारखानों में लक्ष्य से अधिक उत्पादन हो गया। मैं तंग आ गया। कभी लक्ष्य से नीचे उत्पादन भी तो हो।

पी.के. और मैंने तब रूसी साहित्य में भी एकरसता पर चर्चा की। सामूहिक कृषि फार्म पर एक जैसी लिखी गई सैकड़ों कहानियों की चर्चा की। तब ख्रुश्चेव काल था, पर पूरी तरह 'डिस्टालिनाइजेशन' नहीं हुआ था और लेखकों को एक-सा लिखने की आदत पड़ चुकी थी।

पी.के. निहायत जिन्दादिल आदमी थे। नकल करने में उस्ताद थे। स्थानीय नेताओं की तरह हूबहू नकल उतारते। एक दिन बोले—सेठ गोविंददास चुनाव लड़े और मतदान के दो दिन पहले मैं कार में कंबल से ढका लेट जाऊँ और माइक से हूबहू गोविंददास की आवाज में कहूँ—भाइयो और बहिनो, मैं बहुत बीमार हूँ। मैंने मोहमाया छोड़ दी है। अब मैं प्रभु की उपासना करूँगा। मैं इस चुनाव में बैठ गया हूँ। कृपाकर मुझे मत न दें। मेरे बदले अमुक को मत दे दें।

तो प्यारे, लोग सचमुच गोविंददास को मत नहीं देंगे। फिर गोविंददास खुद दौरा करके कहें कि यह गलत प्रचार किया गया है, तब भी लोग उनकी बात नहीं मानेंगे।

गजब की विनोद-प्रतिभा थी। विंध्यप्रदेश मध्यप्रदेश में मिल गया था। पर अफसर, मजिस्ट्रेट, कारिंदे वही थे। रीवा में एक मजदूर पर लोटा चुराने का इलजाम लग गया। वह यूनियन में था। पैरवी करने पी.के. गए। इलजाम झूठा था। अब पी.के. के ही शब्दों में सुनिए—

मैं अदालत पहुँचा। देशी राज्य की अदालत। क्या कहना। ग्यारह बज गए। न मजिस्ट्रेट, न कोर्ट इन्स्पेक्टर, न सरकारी वकील। मैंने क्लर्क से पूछा तो उसने कहा—आई साहब, हुजूर बारह बजे तक आई। कोर्ट साहब आ ही रही है। आपन जबलपुर से आए हैं। बैठी, बैठी। तमाखू खाई।

कोर्ट साहब आए। मैंने कहा—केस जल्दी कराइए। कोर्ट साहब ने कहा—कौनो जल्दी है। हुजूर आ जाएँ तो हो जाई। आप तो बड़े वकील हैं। हाईकोर्ट के हैं।

आखिर मजिस्ट्रेट आए। कोर्ट साहब फौरन उनके सामने खड़े होकर तमाखू घिसने लगे। कहने लगे--का बताई, हुजूर ई बरसात मा एक कोठा गिर गया। सो फिर से बनवायका। और हुजूर, बड़ी लड़की की शादी कहीं लग नहीं रही।

तमाखू घिस गई। कोर्ट साहब ने उस पर अँगुलियाँ मारीं और हथेली मजिस्ट्रेट के सामने कर दी—लेई हुजूर!

अब मैं कुछ कहना चाहूँ, तो देखता हूँ कि मजिस्ट्रेट पीक थूकने दरवाजे पर चले गए हैं। वे अपनी कुर्सी पर बैठे तब तक कोर्ट साहब पीक थूकने चले गए। बड़ी देर तक यह सिलसिला चला। जब दोनों अपनी जगह आए तो मैंने कहा—योर ऑनर...

मजिस्ट्रेट ने कहा—वकील साहब, आप जबलपुर के हैं। हाईकोर्ट के वकील हैं। ये 'योर ऑनर' और 'योर लार्ड' उधर ही चलबे। इधर 'हुजूर' कहो।

मैंने कहा—हुजूर, वह रामनाथ का केस ले लीजिए। मुझे वापस भी जाना है।

मजिस्ट्रेट ने कोर्ट साहब से कहा—काहे कोर्ट साहब, का केस है ऊ। वो लोटा चुराने का। तो सजा कर देई।

मैंने कहा—हुजूर, बिना सबूत, बिना गवाही, बिना बहस के सजा कैसे कर देंगे। उसने लोटा नहीं चुराया। क्रिमिनल प्रोसीजर कोड की दफा अमुक के मुताबिक...

मजिस्ट्रेट ने कहा—वकील साहब, उधर को कानून न बताओ। इधर इधर का ही कानून चलत है। हम कहे सोई कानून। काहे कोर्ट साहब, ऊने चोरी की?

कोर्ट साहब ने कहा—चोरी की तो साहब!

मैंने कहा—उसने चोरी नहीं की। पुलिस ने रंजिश में उसे फँसा दिया। बुलाइए गवाह। मैं क्रॉस एक्जामिनेशन करूँगा। बहस करूँगा।

मजिस्ट्रेट ने कहा—काहे कोर्ट साहब, केस लम्बा चलाना है का। ये वकील साहब जबलपुर के हैं। सात दिन बहस करेंगे।

कोर्ट साहब ने कहा—सच्ची बात हुजूर ये है कि ये मालूम नहीं कि लोटा चुराया या नहीं। मान लेत हैं नहीं चुराया। मगर हुजूर, इस हफ्ता में हम दो केस हार चुके हैं। ई केस तो हमें जिता देई।

मैं दंग रह गया। मजिस्ट्रेट ने मुझसे कहा—काहे वकील साहब, बेचारे कोर्ट साहब को ई केस जिता दें न। इनकी भी नौकरी है। कुछ रिकार्ड तो होना चाहिए। पाँच रुपया जुर्माना कर दें, वकील साहब!

मैंने कहा—हुजूर, एक बेकसूर को आप जुर्माना कर रहे हैं। उसकी नौकरी चली जाएगी। जिन्दगी-भर को दाग लग जाएगा। मैं ऐसा नहीं होने दूँगा। मैं हाईकोर्ट केस ले जाऊँगा।

मजिस्ट्रेट ने कहा—कोर्ट साहब, ई वकील साहब भी ठीक कहत हैं। इतनी दूर से आए हैं। कोर्ट साहब, रामनाथ को तो हम बरी कर देथ हैं। पर अगला केस तुमको जरूर जिता देंगे।

पी.के. के चाचा पुलिस में थे। सर्किल इन्स्पेक्टर के पद से रिटायर हुए थे। ऊ की संतान नहीं थी। पी.के. उन्हीं के पास रहते थे। वे बड़े सख्त आदमी थे। उन्होंने मकान बनवाया। पी.के. को साथ ही रखा। पी.के. की भी कोई संतान नहीं थी। मैं उनके घर गया तो पी.के. ने मकान बताया। कहने लगे—चाचा ने पुलिस की नौकरी में जितने अपराध देखे हैं, उन सबसे रक्षा के हिसाब से मकान बनवाया है। दो दरवाजे हैं—एक जाली का और एक लकड़ी का। जाली के दरवाजे से आनेवाले को देखते, परखते हैं। नाम और सकूनियत पूछते हैं। 'काम' क्या है—यह पूछते हैं। सन्तुष्ट होने पर उसे आने देते हैं। मेरे दो दोस्तों के बारे में वे कहते हैं—इनका क्रिमिनल रिकार्ड है। चाहो तो कोतवाली में पूछ लो। खिड़कियाँ इतनी छोटी कि झरोखे हों। आदमी घुस नहीं सकता। घर में कम से कम दरवाजे। अहाते की दीवार पर नुकीले काँच। रात को हर दरवाजे में ताला डालते हैं। बिलकुल 'थेफ्ट प्रूफ' मकान। मगर इसमें चोरी हो गई। चाचा की सारी पुलिस-विद्या बेकार गई। मैंने पूछा—चोर घुसा कहाँ से? पी.के. ने बताया—चाचा का कहना था कि ये सीमेंट-रेत के जो छत बनते हैं वे बरसात में बहुत टपकते हैं। इसलिए उन्होंने बढ़िया खपरों का छत बनवाया। चोर खपरे हटाकर घुस आया और चार-पाँच हजार की चोरी कर ले गया। अब चाचा परेशान हैं। जिन्दगी-भर की पुलिस नौकरी का अनुभव बेकार गया।

पी.के. शनिवार की शाम को मेरे घर आते और तीन-चार घंटे हम लोग साथ गुजारते।

फिर उनका कार्यक्षेत्र कोरबा हो गया।

कोरबा से लौटे तो फिर बैठकों का सिलसिला शुरू हो गया।

वे बीमार रहने लगे थे। दिल के मरीज थे। फिर भी काम करते थे।

पी.के. ठाकुर

पार्टी सचिवालय ने उन्हें दिल्ली बुला लिया। वे पार्टी पत्र-पत्रिकाओं के प्रभारी बना दिए गए। बीच में आए तो दुखी थे, पार्टी-पत्रों की हालत पर। 'जनयुग' बड़े घाटे में चल रहा था और प्रसार बहुत कम। पी.के. ने सिफारिश की कि दैनिक 'जनयुग' बन्द करके साप्ताहिक निकालें।

पी.के. किन्हीं अन्तर्राष्ट्रीय सम्मेलनों में भाग लेने पेरिस और पूर्वी यूरोप गए। पेरिस में वे बुरी तरह बीमार पड़ गए। उन्हें मास्को लाया गया। उन्होंने दिल्ली जाने की इच्छा जाहिर की। अच्छा होता वे मास्को में अस्पताल में भरती हो जाते। दिल्ली से उन्हें जबलपुर भेज दिया गया।

मेडिकल कॉलेज में उनकी चिकित्सा हुई। वे बचाए नहीं जा सके।

अब भी, कभी-कभी उनके स्वर गूँज जाते हैं—मंजे हे काय? काही गम्मत आहे काय?

वे मजाक के मूड में होते तो मराठी या बांग्ला बिगाड़कर बोलते थे।

उसके क़द का अंदाजा किसी को नहीं है,
वो इक इंसान है जो झुक के चलता है।

पं. रामेश्वर प्रसाद गुरु

पंडित रामेश्वर गुरु की याद करता हूँ तो याद आता है कि 1946 के लगभग मैंने उन्हें पहली बार देखा था। नाम पहले से सुन रखा था। किसी समारोह में, शायद मंत्री के भाषण के लिए, जबलपुर के स्कूलों के छात्र कतारबन्द करके ले जाए जा रहे थे। मैं तब मॉडल हाईस्कूल में, जो अब लज्जाशंकर झा स्कूल है, अध्यापक था। गुरु जी क्राइस्ट चर्च के हाईस्कूल में अध्यापक थे। मैं अपने स्कूल के छात्रों को सँभालते हुए ले जा रहा था। मेरी उम्र तो बहुत कम थी। गुरु जी भी उधर थे। पूरी रैली का इन्तजाम एक शिक्षा-अधिकारी के जिम्मे था। कहीं कोई गड़बड़ी हो गई तो शिक्षा-अधिकारी को गुरु जी ने डाँट दिया—व्हाट इज मिस्टर सो एंड सो। इफ यू कांट मेनेज व्हाई डू यू टेक दि रिसपांसिबिलिटी ? मुझे अचरज हुआ। प्राइवेट स्कूल का अध्यापक एक शिक्षा-अधिकारी को इस तरह कैसे डाँट सकता है। कहाँ से यह दम आई ? मेरे साथी ने कहा—गुरु जी पत्रकार भी हैं। 'अमृत बाजार पत्रिका' दैनिक के प्रतिनिधि हैं। यह पत्रकार की हिम्मत है, अध्यापक की नहीं। मेरे साथ के एक-दो अध्यापक और शिक्षण महाविद्यालय के एक-दो व्याख्याता गुरु जी के निकट थे और उनसे मिलते थे। तब नगर मैं बौद्धिक, साहित्यिक, सांस्कृतिक गतिविधियों के केन्द्र दो व्यक्ति थे—पंडित भवानी प्रसाद तिवारी और पंडित रामेश्वर गुरु।

पं. रामेश्वर प्रसाद गुरु

गुरु जी जीवन-भर पत्रकार रहे। 1947 में तिवारी जी और गुरु जी के सम्पादकत्व में 'प्रहरी' साप्ताहिक पत्र निकला। यह तरुण समाजवादियों का पत्र था और बहुत प्रखर था। इसी पत्र में परसाई उपनाम से मेरी पहली रचना छपी और इसी बहाने गुरु जी से मेरा परिचय हुआ। मैं उनके घर जाने लगा। उनके निकट जाने पर मालूम हुआ कि वे कितने अध्ययनशील साहित्य प्रेमी और रचनाकार थे। तब जबलपुर एक छोटा शहर था। कुल दो कॉलेज थे। विश्वविद्यालय नहीं था। तब साहित्य के केन्द्र भवानी प्रसाद तिवारी तथा रामेश्वर गुरु थे। तीसरे व्यक्ति जो बहुत अध्ययनशील तथा रचनाशील थे, वे थे बाबू रामानुजलाल श्रीवास्तव 'ऊँट'। नाटककार बाबू गोविंददास तो थे ही। तरुण लेखक तिवारी जी और गुरु जी के पास जाते थे। सुभद्रा कुमारी चौहान भी थीं, जिनका बड़ा रौब-दाब था।

गुरु जी साहित्य के अध्येता तो थे ही, रचनाकार भी थे। वे कविता, कहानी, नाटक, व्यंग्य, रेखाचित्र सब लिखते थे। पर वे पत्रकार भी थे और उनकी पत्रकारिता में भी रचनात्मक गुण थे। उन्होंने बच्चों के लिए नाटक लिखे थे। 'कुमार हृदय' उपनाम से वे कविता लिखते थे। उन्होंने 1949 में सुभद्रा कुमारी चौहान पर पं. जगदीश प्रसाद व्यास के साथ एक पुस्तक लिखी थी—स्नेह, सेवा और संघर्ष। सुभद्रा जी के व्यक्तित्व और कर्म पर यह पहली पुस्तक थी। अन्तिम पुस्तक उन्होंने दो साल पहले जबलपुर क्षेत्र के स्वतंत्रता-संग्राम पर लिखी।

'प्रहरी' में वे नियमित लिखते थे। गम्भीर भी, आलोचनात्मक भी और व्यंग्यात्मक भी। उनकी भाषा बहुत प्रखर और बहुत जीवंत थी। वे 'प्रहरी' में इस प्रतिभा के साथ बहुत तेज-तर्रार घातक लेख लिखते थे। उनके इसी लेखन के बारे में बाबू रामानुजलाल श्रीवास्तव ने लिखा था—

गुरु आ तो अति करु आ केरे प्रहार
साँची को कह दे या दाढ़ीजार॥

इन लेखों में कुछ में गहरी संवेदना होती थी। वे गरीबों, शोषितों के पक्षधर थे। इस वर्ग के लोगों पर उनके रेखाचित्र बहुत संवेदनपूर्ण और बहुत मार्मिक हैं। दूसरी तरफ वे सत्ता और उच्चवर्ग के विरोधी थे। सत्ता चाहे राजनैतिक हो या आर्थिक या साहित्यिक—उस पर वे प्रहार करते थे। घातक प्रवृत्तियों में लिप्त बड़े व्यक्तियों पर वे बहुत कटु प्रहार करते थे।

'प्रहरी' में वे व्यंग्य काव्य लिखते थे जिसका शीर्षक था—बीवी चिम्मो का पत्र। यह हर अंक में छपता था और लोग इसका इन्तजार करते थे। उसी पत्र में 'रासम के मुख से' कटाक्ष भी वे लिखते थे। 'प्रहरी' में एक पृष्ठ बच्चों के लिए होता था। उसे गुरु जी संपादित करते थे और इसमें लिखते भी थे। यह पृष्ठ सुदन और मुल्लू के नाम से जाता था। सुदन तिवारी जी का घर का नाम था और मुल्लू गुरु जी का। गुरु जी बाल साहित्य में बहुत रुचि लेते थे और उन्होंने बच्चों के लिए नाटक लिखे थे। 'प्रहरी' की फाइलों में उनका लिखा ढेर सारा बाल साहित्य है, जिसके संकलन तैयार हो सकते हैं।

गुरु जी बौद्धिक भी थे और भावुक भी। वे छायावादी युग के थे, मगर छायावादी कविताएँ उन्होंने नहीं लिखीं। वे दूसरे प्रकार के कवि थे। माखनलाल चतुर्वेदी का प्रभाव उन पर था, पर वह प्रभाव प्यार, मनुहार, राग का नहीं, राष्ट्रवाद का था। भाषा श्री माखनलाल जी से प्रभावित थी। कवि भवानी प्रसाद मिश्र उनके अभिन्न मित्र थे। कुछ प्रभाव उनका भी रहा होगा। गुरु जी की कविताओं पर न निराला का प्रभाव है, न पंत का। इस मामले में सर्वथा स्वतंत्र थे। उनकी कविताओं में देशप्रेम, सुधारवादिता, जनवादिता है। वे संवेदनशील थे और गरीब शोषित वर्ग के प्रति उनकी सहानुभूति थी। वे इस वर्ग के संघर्ष, अभाव और दुख पर कविताएँ लिखते थे। वे उद्बोधन काव्य भी लिखते थे। तरुणों का, मजदूरों का, संघर्ष और परिवर्तन के लिए आवाहन अपनी कविताओं में वे करते थे। वे छन्दबद्ध कविता ही लिखते थे और चकबस्त की तरह उन्हें चार पंक्तियों का छन्द सिद्ध था। उनके विषय भी चकबस्त जैसे ही थे। मैं उनसे कहता भी था कि आप चकबस्त हैं। भाषा उनकी बहुत प्रांजल और प्रवहमान थी। उनकी शब्द-सामर्थ्य बहुत थी और वे मुहावरों के उस्ताद थे। वे बहुत अच्छी बुंदेली जानते थे और उनकी बुंदेली कविताएँ बहुत अच्छी हैं। व्यंग्य काव्य अक्सर वे बुंदेली में लिखते थे।

मैंने देखा कि काव्य में उनके कुछ mannrisms हैं। माखनलाल जी के mannrism मैंने 'वसुधा' में लिखे भी थे। वे पीढ़ियाँ, ईमान, बलिपंथी, मनुहार आदि शब्दों का बहुत प्रयोग करते थे। कुछ मुहावरे भी उनके रूढ़ हो गए थे। मैंने देखा कि गुरु जी की हर कविता में 'काश' शब्द आ जाता

है। मैंने उनसे कहा भी और वे सचेत हो गए। बोले—अब मैं सावधान रहूँगा। 'काश' नहीं आएगा। उन्होंने एक कविता लिखी जो मैंने 'वसुधा' में छपने के लिए दे दी। जब उसका प्रूफ आया, तो उसमें 'काश' नहीं था। मुझे मजाक सूझा। मैंने उसमें एक पंक्ति में 'काश' जोड़ दिया। जब 'वसुधा' का अंक प्रेस से आया तब गुरु जी ने वह कविता देखी। मुझसे बोले—मैंने इस कविता में 'काश' नहीं लिखा था। यह कैसे आ गया? मैंने कहा—वह मैंने जोड़ा है। 'काश' नहीं होता तो लोग मानते ही नहीं कि यह गुरु जी की कविता है!

रचनात्मक लेखन के सिवा उन्होंने ज्ञानात्मक लेखन भी किया। वे खुद एक ज्ञानकोश थे। उन्हें समसामयिक घटनाओं की जानकारी तो रहती थी, ऐतिहासिक जानकारी भी उनके पास बहुत थी। ज्ञान, विज्ञान, समाज, साहित्य, संस्कृति, राजनीति आदि का ऐतिहासिक और समकालीन ज्ञान उनके पास था। वे कुछ वर्ष तक छात्रों के लिए ज्ञान-कोश तैयार करके प्रकाशित कराते रहे। उनके पास ज्ञान-भंडार बहुत था। बहुत अच्छा उनका पुस्तकालय है। पत्रिकाओं की फाइलें हैं। दुर्लभ ग्रन्थ हैं। वे फाइलिंग के उस्ताद थे। कोई भी महत्त्वपूर्ण बात अखबार में आती, वे उसे काटकर फाइल में रख लेते। वे पत्र-व्यवहार बहुत करते थे। बहुत-से पत्र वे छोड़ गए हैं।

साहित्यिक, सांस्कृतिक, सामाजिक गतिविधियों में हमेशा संलग्न रहे। वे 'वीर पूजा' में विश्वास करते थे और अक्सर कार्लाइल की पुस्तक 'Heroes and Hero Worship' का जिक्र करते थे। उन्होंने सुभद्रा कुमारी चौहान की प्रतिमा की स्थापना नगर निगम कार्यालय के सामनेवाले लॉन में कराई। पदुमलाल पुन्नालाल बख्शी के अभिनंदन में समारोह आयोजित किया। चिकित्सक और राजनीतिज्ञ डॉ. डिसिल्वा की स्मृति में उन्होंने डिसिल्वा रतन श्री माध्यमिक विद्यालय की स्थापना कराई। वे जब शहर के मेयर थे, तब महात्मा गांधी और पंडित मदनमोहन मालवीय की आदमकद प्रतिमाओं की स्थापना कराई। अपने मित्र प्रसिद्ध पत्रकार हुकुचंद नारद की स्मृति में उन्होंने विक्टोरिया अस्पताल में विश्राम-कक्ष बनवाया।

उनका बहुत महत्त्वपूर्ण साहित्यिक कार्य 'वसुधा' मासिक पत्रिका का पौने तीन वर्षों तक प्रकाशन था। इस पत्रिका में सहयोग सबका था, पर

'वसुधा' तब बिखरे हुए प्रगतिशील साहित्यकारों की पत्रिका थी। 'वसुधा' में ही मुक्तबोध ने धारावाहिक रूप से 'एक साहित्यिक की डायरी' लिखी थी, जो सौन्दर्यशास्त्र और रचना-कर्म के सन्दर्भ में अत्यन्त महत्त्वपूर्ण ग्रन्थ के रूप में बाद में पुस्तकाकार छपी।

आज जब गुरु जी संसार में नहीं हैं, तब हमें उनकी साहित्य-रचना, पत्रकारिता तथा साहित्य-कर्म की याद ताजा हो जाती है।

शमशेर बहादुर सिंह

शमशेर जी से मेरी चिट्‌ठी-पत्री तो सन् '56 से थी। हम 'वसुधा' मासिक निकालते थे। इसमें मुक्तिबोध और श्रीकांत वर्मा नियमित रूप से लिखते थे। बाकी स्थापित हो गए या बुजुर्ग लेखकों ने हमें कोई सहयोग नहीं दिया। एक काफी प्रतिष्ठित प्रगतिवादी लेखक को, जिनका प्रेस भी था, हमने मदद के लिए लिखा। उनसे हमारी आत्मीयता के कारण भी थे। उन्होंने कोई रचना तो नहीं भेजी, पर मदद हमारी जरूर की—प्रेस से 'फिलर' के ब्लॉक भेज दिए, लक्ष्मी, सरस्वती, गणेश आदि के। ये विवाह के निमंत्रण पत्र में काम आते हैं।

मुक्तिबोध ने कहा—शमशेर को लिखो। वे मेरे मित्र हैं। मैंने शमशेर जी को लिखा। उन्होंने एक गजल तत्काल भेजी। फिर कुछ समय बाद एक क़ता भेजा, जो मुझे अभी याद है—

दुनिया में है इक से इक काबिल शमशेर
है काम ये, शायर का नहीं दिल शमशेर
हँसते-हँसते उठाना इक उम्र का बोझ
कहना आसान करना मुश्किल शमशेर

पिछली मुलाकात में मैंने उन्हें यह क़ता सुनाया और दाद चाही। शमशेर जी ने हँसकर कहा—तुममें घटिया कविता याद रखने की बड़ी प्रतिभा है।

जबलपुर में उनके रिश्तेदार थे, तो वे पहले जबलपुर आते रहते थे। यहाँ हुए उनके मित्र मुझसे उनकी चर्चा करते थे। 1958 में इलाहाबाद में साहित्यकार सम्मेलन हुआ। उसमें इधर से मुक्तिबोध, प्रमोद वर्मा और अशोक वाजपेयी (तब बी.ए. के छात्र) गए। दिल्ली से श्रीकांत वर्मा आ गए। इलाहाबाद में मुक्तिबोध ने मेरी मुलाकात शमशेर जी से कराई। हम गले मिले। तनिक झिझके शमशेर और फिर बेतक़ल्लुफ़ हो गए। सम्मेलन में वे अपनी संकोची प्रवृत्ति में लगभग हाशिए पर ही रहे। पर बहादुरगंज के 'जस्टफिट टेलर्स' के ऊपर तीसरी मंजिल के उनके कमरे पर कुल पाँच-छह लोगों की गोष्ठी होती थी, जिसमें शमशेर जी के सिवा मुक्तिबोध, नरेश मेहता, प्रमोद वर्मा, मैं तथा एक-दो स्थानीय साहित्यकार होते थे। ये गोष्ठियाँ बहुत मजेदार होती थीं। यहाँ शमशेर खुलते थे। कविताएँ भी सुनाते थे। मुक्त हँसी शमशेर हँसते थे। शमशेर में बहुत नफासत है। वे बहुत सुसंस्कृत हैं। अतिशय कोमल और नम्र हैं। लय के साथ उनकी हँसी और मुक्तिबोध छप्पर फाड़ अट्टहास करते थे।

शमशेर जी बहुत सरल आदमी हैं। बड़े निश्छल प्रेमी। मैं जब भी इलाहाबाद जाता, उनके बहादुरगंज के कमरे में जरूर जाता। वे अक्सर कुछ सोचते, कुछ पढ़ते मिलते। वे काफी अन्तर्मुखी भी हैं। पर मित्र-मिलन का उल्लास उनमें फूट पड़ता। वे विकल होते कि इस अतिथि का सत्कार कैसे कर दूँ। उनकी आर्थिक हालत खराब थी। नौकरी भी नहीं। सिर्फ लेखन से जीविका तब चल सकती है, जब लेखक नियमित लिखे और काफी घटिया भी लिखे—जैसा मैं करता हूँ। शमशेर यह कर नहीं सकते थे। वे तरकीबें या तो उन्हें आती नहीं हैं या उनका प्रयोग नहीं करना चाहते, जिनसे लेखक को पैसा मिलता है। ये तरकीबें ओछी होती हैं। और शमशेर ओछा कुछ नहीं कर सकते।

उनके पास हीटर तो था, पर बर्तन काफी नहीं थे। खाने का सामान भी कभी होता, कभी नहीं। एक दिन तो उन्होंने हीटर पर गिलास में चाय बनाकर मुझे पिलाई। फिर एक दिन रात के भोजन के लिए कह दिया। मैं आठ बजे पहुँच गया। मैं उनकी परेशानी और व्यस्तता देखता रहा। घी, सब्जी, वगैरह का वे इन्तजाम कर रहे थे। वे पराँठा और आलू-गोभी की सब्जी मुझे खिलाना चाहते थे। उस व्यस्तता और परेशानी में भी उनकी

मोहक मुस्कान बिखर रही थी। शमशेर की यह स्वाभाविक निश्छल मुस्कान बहुत मोहक है। यह मुस्कान 'डिसआर्मिंग' है। यह शत्रु के भी हथियार डलवा देती है। शमशेर की कविता के आलोचक हैं, उनकी कविता को बेमानी कहनेवाले भी हैं, पर व्यक्तिगत रूप से शमशेर बहादुर सिंह नाम के आदमी का कोई शत्रु नहीं है।

निहायत संकोची और अपना अधिकार तक छोड़नेवाले आदमी हैं। आन्तरिक और बाहरी व्यक्तित्व पूरा कविता से बना है। नागार्जुन भी कविता में रहते हैं, पर व्यावहारिक मामलों में चतुर, चालाक, हिसाबी और अपना हक झपट लेनेवाले हैं। शमशेर जी बहुत अन्तर्मुखी हैं। अंग्रेजी, हिन्दी, उर्दू, फारसी, फ्रेंच के विद्वान हैं। उर्दू उनकी पहली भाषा है, हिन्दी दूसरी। जिस अदा से वे धीरे डाट्स (...), हाइफन (-) और डैश (—) के साथ सोचते हैं, वैसे ही लिखते और बोलते हैं। एबसेंट माइंडेड हो जाना उनकी आदत है। मेरा एक लेख, 'गालिब की पारसाई' 'धर्मयुग' में छपा। पढ़कर उन्होंने लिखा—'पारसाई, गालिब की पारसाई—गालिब का ऐसा है...कविता—मूल भाषा में ही समझ में आती है। जर्मन मैं इसलिए सीख रहा हूँ...' और फिर पूरा पत्र जर्मन और फ्रांसीसी कविता पर!

मैं जब सागर विश्वविद्यालय में 'मुक्तिबोध पीठ' पर था, तभी वे उज्जैन विश्वविद्यालय में 'निराला पीठ' पर आए। उन्हें जो निवास दिया गया, उसमें फर्नीचर भी नहीं था। एक खाट थी। न स्टेनो, न चपरासी (बाद में ये मिले। पहले दौर में उनका कोई मित्र आ गया, तो वे उसे खाट पर सुलाकर बगल के बँगलेवाले प्रोफेसर के घर सो गए। विश्वविद्यालय के मालिकों को जब तक रंगदारी न दिखाओ, भोपाल का डर न दिखाओ, वे कुछ नहीं देते। सृजनपीठों पर जानेवाले को विश्वविद्यालय के हंस, कौआ मानते हैं।

मैं जब भोपाल के हमीदिया अस्पताल में भरती था, तब उज्जैन से शमशेर जी आए। मेरे साथ तीन दिन रहे। उनकी आँखों की जाँच भी वहाँ दो दिन हुई। वे खूब रहे। तीन दिन उर्दू कविता की ही बातें होती रहीं। निश्चित ही मैंने बहुत सीखा। एक दिन वे कवि डाम मारिस के साथ सुदीप बैनर्जी के घर दोपहर से शाम तक रहे। उनके साथ एक आदमी आया था। वह दिन-भर कमरे में बैठा रहे और हमारी बात सुना करे। मुझसे

शमशेर जी ने अकेले में कहा—यह आदमी उज्जैन में भी अक्सर मेरे पास आता है। यहाँ भी मेरी सुविधा का बहाना करके मेरे साथ आ गया। बोलता कुछ नहीं। हमारी बातें सुनता है। शाम को बहुत लोग मिलने आते हैं। उनमें राजनीतिवाले भी होते हैं। यह तब भी सुनता रहता है। कहीं यह खुफिया विभाग का आदमी तो नहीं है। मैं आशंकित हूँ।

शमशेर जी की गैर-हाजिरी में मैंने उससे पूछा तो मालूम हुआ कि वह लोक कर्म विभाग में क्लर्क है। नाटक लिखता है। शमशेर जी के पास श्रद्धा-भाव के कारण जाता है। मैंने पूछा कि तुम्हारा कोई नाटक खेला गया है? उसने इनकार किया। मैंने कहा—तुम दफ्तर से छुट्टी लेकर शमशेर जी के साथ क्यों आ गए? उसने कहा—इनको रास्ते में तकलीफ न हो, इसलिए। मैंने कहा—इनके साथ कोई छात्र भी आ सकता था। तुम्हारी इनसे कोई बातचीत भी नहीं होती। फिर इनके पीछे क्यों पड़े हो। उसने कहा—मैं आपकी शंका समझ गया। मैं वह नहीं हूँ।

शमशेर जी से मैंने कहा—इसका आना आप कम कर दीजिए। मुझे भी लगता है कि यह इंटेलिजेंस का आदमी है। साहित्य से इसे कुछ लेना-देना नहीं है। वैसे भी ये लोग हर जगह होते हैं। आपको छिपाना भी क्या है।

शमशेर जी इन दिनों सुरेंद्र नगर, गुजरात में, अपनी छात्रा बांधवी, रंजना अरगड़े के परिवार में रहते हैं। पिछले साल रंजना यहाँ लेखिकाओं के सम्मेलन में आई थी। उससे शमशेर जी के हाल मालूम हुए थे। वे प्रसन्न हैं।

जालिम में थी इक और बात इसके सिवा भी

—नामवर सिंह ने रेणु की 'परती-परिकथा' का खास नोटिस नहीं लिया। शिवदान सिंह चौहान उस पर पचास-साठ पृष्ठ लिखकर आए हैं।

—लो, नामवर ने निर्मल वर्मा की 'परिंदे' को हिन्दी की पहली नई कहानी कहा है।

—इसकी प्रतिक्रिया कमलेश्वर पर क्या है? 'नई कहानी' आन्दोलन के तीन-तिलंगों में सबसे 'स्मार्ट' कमलेश्वर हैं।

—लो, नामवर ने उषा प्रियंवदा की 'वापसी' कहानी की बहुत तारीफ कर दी।

—परिमलियों की बड़ी दुर्गति नामवर ने की।

—'नई कविता' पर 'ज्ञानोदय' में नामवर बहुत अच्छा लिख रहे हैं।

—अरे, अभी तो हाशिए पर हैं, जैसे अज्ञेय 'हरी घास पर क्षण भर' हैं।

—नामवर सिंह हिन्दी विभागों पर कब्जा किए हैं।

—बड़ी महत्त्वपूर्ण बात कही है, नामवर ने—प्रेमचंद श्रेष्ठ लेखक ही नहीं, सावधान लेखक भी थे।

—अज्ञेय का पुनर्मूल्यांकन अच्छा किया है, नामवर ने।

—भाई, नामवर 'ट्रेंड सेटर' हैं। प्रामाणिक बात नामवर कहते हैं।

—चलता है, 'डिप्लोमेसी' भी तो कोई चीज है।

—इस मुद्दे पर नामवर क्या कहते हैं?

—उस मुद्दे पर नामवर की बात पर ध्यान दो।

—नामवर का मन्तव्य तो आ जाने दो। जल्दी क्या है।

—नामवर जहाँ बिठाएँगे, वहाँ लेखक बैठ जाएगा। यह भी कोई बात है।

—'दूसरी परम्परा की खोज' बहुत अच्छी है।

—मगर दूसरी परम्परा की व्याख्या ठीक से नहीं कर सके हैं।

—अब यह हिन्दी-उर्दू का मामला उठा दिया।

—नामवर 'कंट्रोवर्सी' खड़ी करते हैं।

साहित्य का कोई पक्ष हो, कोई मुद्दा हो, कोई प्रश्न हो, कोई विवाद हो, कोई उलझन हो, साहित्य के सरोकारी दो आलोचकों के मत का इन्तजार करते हैं—डॉ. रामविलास शर्मा और नामवर सिंह। दोनों विवादास्पद हैं। दोनों का मत अन्तिम, अकाट्य और विश्वसनीय चाहे न हो, पर यह जरूरी है कि दोनों के मत जाने जाएँ। यह कुछ मिलीभगत का मूल्य-साम्राज्यवाद है जो हिन्दी में कई सालों से चल रहा है। जब मैं यह लिख रहा हूँ, तब मत-स्थापना के लिए दोनों साम्राज्यवादियों में विवाद चल रहा है।

नामवर सिंह सचमुच बहुत महत्त्वपूर्ण और दमदार समीक्षक तथा सिद्धान्तशास्त्री हैं।

वे साठ वर्ष के हुए। मैंने उन्हें लिखा—लोग आपसे शतायु होने के लिए कह रहे होंगे, मगर मैं आपसे ऐसा नहीं कहता। मैं कहता हूँ कि आप जवान रहें और सक्रिय रहें।

सुन्न महल में दियना बार ले
आसन से मत डोल री
तोहे पिया मिलेंगे!

नामवर जी मेरे मित्र हैं, घनिष्ठ। मैं उनकी बहुत इज्जत करता हूँ। उन पर लिखने में हिचक रहा था कि कहीं मित्र के सम्बन्ध में 'हितोपदेश' के आदर्श का उल्लंघन न हो जाए।

बेतक़ल्लुफ़ी की हद तक मेरे-उनके सम्बन्ध हैं। मैंने 'राजकमल' से बाहर आकर कहा—चलिए ठाकुर साहब, पान सेवन कर लिया जावे। (बनारसी विद्वान खाते, पीते, चबाते नहीं, सेवन करते हैं) नामवर जी ने कहा—अगर आप मुझे ठाकुर कहेंगे, तो मैं आपको पंडित जी कहने लगूँगा।

आप क्या बिगाड़ लेंगे। 'दूसरी परम्परा की खोज' पढ़कर मैंने उन्हें लिखा—मैंने 'दूसरी परम्परा की खोज' पढ़ डाली। मैंने जानबूझकर मत नहीं दिया। तारीफ नहीं की। बनारसी ठाकुर उस्ताद हैं, चालाक हैं, चुस्त हैं, जवाब दिया—'आपने दूसरी परम्परा की खोज पढ़ ली, यही क्या कम है।' मैं इसी सतर्कता की आशा कर रहा था। मैं गद्गद उद्वेलित व्यक्ति नहीं हूँ। मैं 'धन्य-धन्य' वाला नहीं हूँ। काफी लोग नाराज भी हैं। मैं आम तौर पर मत देता ही नहीं। पर नामवर जी को और क्या चाहिए? मेरी 'रचनावली' में पुस्तक पढ़ते हुए जो मेरा चित्र है, उसमें मेरे हाथ में जो पुस्तक है वह है—'दूसरी परम्परा की खोज'।

नामवर जी से मेरी पहली भेंट 1957 में इलाहाबाद में हुई। वहाँ 'साहित्यकार सम्मेलन' आयोजित था। इसमें बिखरे हुए प्रगतिशीलों को एकत्र करने की कोशिश की गई थी। यह जवाबी सम्मेलन था। थोड़े समय पहले प्रयाग में ही अज्ञेय की प्रेरणा से 'परिमल' ने लेखक-सम्मेलन आयोजित किया था। वह जमाना 'लघुमानव' का और आस्थाहीनता का था। कुछ चलते-फिरते लेखक घोषित करते थे कि हम दो-तीन साल पहले मर चुके। उस सम्मेलन का उद्घाटन ताराशंकर बंद्योपाध्याय ने किया था। हमारे सम्मेलन का उद्घाटन पंडित हजारीप्रसाद द्विवेदी ने किया। द्विवेदी जी ने अत्यन्त ओजस्वी भाषण दिया और 'लघु मानवों' को बहुत लताड़ा। उनके बाद डाक्टर नामवर सिंह बोले। वे तब आज जैसे मोटे नहीं थे। दुर्बल भी नहीं। ऊँची कसी हुई काठी, लम्बी नुकीली नाक, बड़ी-बड़ी भावपूर्ण आँखोंवाले तरुण थे वे। आँखों में शैतानी चमक तब भी आ जाती थी और आज भी आ जाती है। आँखों का उपयोग नामवर जी हथियार की तरह करते हैं। नामवर फार्म में थे। बहुत अच्छा बोले। आक्रामक बोले। तीखे तर्क, तेज भाषा और कटाक्ष। बाहर निकले तो साथ मुक्तिबोध भी थे। बहुत ठंड थी। हम ठेले पर चाय पीने लगे। मुक्तिबोध बहुत भावुक हो गए थे। बोले—पार्टनर, इन लोगों को ऐसा ही जवाब चाहिए था। वाह साहब, कमाल कर दिया। नामवर जी ने मुझसे कहा—आपका व्यंग्य चाहिए था। मैंने कहा—वह काम भी आपने कर दिया।

उस सम्मेलन में अन्तरंगता आ गई। नामवर जी में विद्वत्ता के साथ ही विलक्षण विनोद और व्यंग्य-क्षमता है। बनारसी लहजे में, पान-तमाखू

भरे मुँह से वे जब आँखों में शैतानी चमक लाते तो सामनेवाला धराशायी हो जाता। वे व्याज-स्तुति और व्याज-निन्दा के भी उस्ताद हैं। प्रयाग में तीन-चार दिन खूब महफिलें जमीं, अक्सर बहादुरगंज में शमशेर बहादुर के रँडुवे कमरे पर।

फिर तो कई मुलाकातें हुईं। दिल्ली में, कलकत्ता में, भोपाल में, जबलपुर में भी। दिल्ली में राजकमल प्रकाशन में उनके कमरे में जब घुसता तो पत्ते में लिपटा पान और तमाखू की डबिया बढ़ाकर कहते—पहले पान-तमाखू यथास्थान जमा लीजिए। फिर बातें होंगी। भोपाल में तीन सेमिनारों में हम साथ थे। दिल्ली में ऐवाने-गालिब में प्रगतिशील लेखक संघ का जलसा था। मेरे बगल में मेरे मित्र बैठे थे। वे बैग रखकर कहीं चले गए थे। नामवर जी आए। वे मेरी बगल में बैठना चाहते थे। बैग देखकर बोले—अरे, कोई यहाँ बैठा है। मैंने कहा—आप कहें तो उसे उठा दूँ। नामवर ने अपनी विशिष्ट शैली में कहा—अरे, आप तो किसी को भी उखाड़ने को तैयार रहते हैं। और आगे बढ़ गए।

नामवर जी विद्वान हैं—साहित्य, राजनीति, इतिहास, समाजशास्त्र के। वे बहुत प्रभावी वक्ता हैं। शैली मोहक और आत्मविश्वासपूर्ण है। उनकी भाषण-शैली का एक तत्त्व है, जिसे अंग्रेजी में 'एनिमेशन' कहते हैं, जिसके कारण वे विषयांतर भी कर बैठते हैं। 'विट' उनका मित्र भी है और शत्रु भी।

नामवर क्यों महत्त्वपूर्ण हैं? नामवर सिंह उनमें प्रमुख हैं, जिन्होंने आजादी के बाद के साहित्य को जिस दलदल में फँसा दिया गया था, उससे निकाला था। देश स्वाधीन हुआ था। ताजा उल्लास था। निर्माण का जोश होना था। मगर हिन्दी साहित्य में जो 'फैशन' आ गया था, वह मुर्दा था। घोर अनास्था, निराशा, निष्क्रियता, मृत्युबोध, नियतिवाद! भारत ने दूसरा महायुद्ध नहीं भोगा था। युद्ध का विनाश नहीं झेला था। जब यूरोप में महानाश हो रहा था, तब भारत में उल्लास से स्वाधीनता-संग्राम चल रहा था। हम साम्राज्यवाद से लड़ रहे थे। फिर 1947 में स्वतंत्र हुए। दूसरे महायुद्ध के बाद पश्चिमी पूँजीवादी देशों के साहित्य में हताशा, विनाश, मृत्यु, मनुष्यता का नकार, जीवन की निरर्थकता, सब कुछ था। पर रूस के साहित्य में विजय का हर्ष और पुनर्निर्माण का उत्साह था। भारत में चार-

पाँच सालों में देशी सरकार से कुछ मोह-भंग तो हुआ था, पर नव-स्वाधीन देश में हताशा नहीं थी। यह हताशा, यह पराजय-भावना एक तो आयातित थी, दूसरे, जल्दबाजी भी थी, तीसरे राजनीति प्रेरित थी। इसके पीछे 'कांग्रेस फॉर फ्रीडम ऑफ कल्चर!' और 'मारल रिआर्मामेंट' थे। जवाहरलाल के तेवर वामपंथी थे। वे समाजवाद की बात करते थे, 'वैज्ञानिक समाजवाद' की। रूस से सम्बन्ध बढ़ रहे थे। ऐसे में पूँजीवादी हितों की रक्षा के लिए वही टूटा हुआ आदमी साहित्य में जरूरी था, जो पश्चिमी पूँजीवादी देशों में था। यथार्थ को समझने, उसका सामना करने और संघर्ष करनेवाला आदमी नहीं चाहिए था। इस मूल्य-पद्धति के पुरोधा थे सच्चिदानंद हीरानंद वात्स्यायन 'अज्ञेय' और उनके परिमलीय चेले।

नामवर सिंह ने इस मूल्य-पद्धति को चुनौती दी। प्रगतिवादी आन्दोलन जड़वादी दुराग्रहों में फँसकर, कुल-युद्ध से टूटकर बिखर गया था। 'नया पथ' भी मारकाट के बाद बन्द हो गया था। नामवर सिंह ने इस केंचुआ मूल्य-पद्धति से लड़ाई की और एक पीड़ित, शोषित मगर संघर्षशील और आशावान भारतीय मनुष्य की मूल्य-चेतना साहित्य को दी। यह बड़ा काम था। नामवर सिंह के साथ और आलोचक भी उठे और 'परिमलीय' धारा विलुप्त हो गई।

नामवर सिंह की समीक्षा तथा सैद्धांतिक व्याख्या में रचनात्मक साहित्य जैसा लालित्य है। लगता है, कोई ललित गद्य पढ़ रहे हैं। आम तौर पर समीक्षा की भाषा शुष्क और उबाऊ होती है, पर नामवर जी की भाषा और शैली बहुत प्रभावी है। सहज ढलान है उनके लेखन में! सीढ़ियाँ चढ़ना या उतरना नहीं पड़ता। वे मुहावरों का अच्छा प्रयोग करते हैं। सम्बोधन-पद्धति से तर्क को जीवंत बनाते हैं। उनकी भाषा में विलक्षण 'लुसीडिटी' है। कटाक्ष है, व्यंग्योक्ति है, वक्रोक्ति है, ब्याज-स्तुति और ब्याज-निन्दा है, और 'विट' है।

नामवर साठ के हुए। वे सतर्क हैं, जागरूक हैं। अभी तक उनके सामने यह चुनौती है—

हरित भूमि तृण संकुल सूझ परहिं नहिं पंथ।
जिमि पाषंड विवाद तें लुप्त होहिं सद्ग्रन्थ॥

—तुलसीदास

चिरऊ महाराज

खूब स्थूल, मगर कसा शरीर। थुलथुला नहीं। निपट काला रंग। लम्बी झर्राटेदार मूँछें। बड़ी-बड़ी चमकदार आँखें। मोटे होंठ। बड़ी मोटी नाक। कुल मिलाकर बहुत दबंग, मगर डरावने नहीं। ऐसे नहीं कि बिना 'मेकप' के रामलीला में कुम्भकर्ण की भूमिका कर लें। इतना बड़ा डील-डौल और कहलाते थे 'चिरऊ महाराज'। बचपन में ही इतने स्थूल थे कि मजाक में उन्हें चिड़वा (चिरऊ) कहने लगे थे। ब्राह्मण थे तो आगे 'महाराज' लगा।

कुरता-धोती पहने, कन्धे पर गमछा डाले यह आदमी दूध के पाँच बड़े-बड़े कनस्तर लिए मोटर स्टैंड पर इमली के झाड़ के नीचे खड़ा रहता था। लगभग तीस किलोमीटर दूर अपने गाँव से यह आदमी ये दूध के कनस्तर लेकर आता था। दोपहर तक दूध खत्म हो जाता। उसके ग्राहक बँधे हुए थे। कुछ होटल बँधे हुए थे। कुछ परिवारों को दूध बँधा था। कुछ फुटकर ग्राहक ले जाते। साख इस आदमी की इतनी थी कि उसके दूध में एक बूँद भी मिलावट नहीं होती न गैरवाजिब दाम लेता—कि दूध खरीदनेवालों की भीड़ लग जाती। इस आदमी को किसी होटल या घर दूध देने नहीं जाना पड़ता था। एक ही जगह रखे-रखे बिक जाता था। यह क्रम पन्द्रह साल तक तो मैंने रोज देखा है। पाटन में, जहाँ वे दूध इकट्ठा करते, नापते नहीं थे। पूछते—कितना है? वह कहता—पाँच लिटर। वे पैसे दे देते और दूध डलवा लेते। न किसी से झगड़ा, न विवाद, न झंझट। यह आदमी

बोलता बहुत कम था। बीच में रूपराम के पान के ठेले पर जाकर बैठ जाता और पान-तमाखू खाता। कुछ देर बतियाता। सिर्फ रूपराम से ही उसकी निजी घरू बातें होती थीं। मैं जब रूपराम के ठेले पर होता, तो यह आदमी एकमात्र सीट पर नहीं बैठता। कहता—पंडित जी, आप बैठिए। मैं इधर नीचे चबूतरे पर बैठ जाता हूँ। मैं कहता—नहीं चिरऊ महाराज, आप बैठिए। आप मुझसे बड़े हैं। चिरऊ महाराज कहते—पंडित जी, उमर में बड़ा हूँ पर ज्ञान में आप बहुत बड़े हैं। हम तो गँवार आदमी हैं।

वे बैठते। कहते—पंडित जी, जमाना बहुत खराब आ गया। यह है कलियुग। बेटे ही बाप की बात नहीं मानते। ईमानदारी रही नहीं है। मैं दूध में पानी बिलकुल नहीं मिलाता, तो लोग कहते हैं—चिरऊ महाराज बेवकूफ आदमी है। मेरे लड़के तक मुझे बेवकूफ समझते हैं। मैं कहता हूँ, हम तो बेटा, निभाएँगे। हम गोस्वामी की रामायणजी पढ़े हैं। हमारे मरने पर तुम जब मालिक होओ, तब चाहे जो करना। हमारी दाल-रोटी चल रही है। हम ब्राह्मण हैं। ब्राह्मण सुदामा ने घरवाली से कहा था, 'औरन को धन चाहिए बावरी, ब्राम्हन को धन केवल भिच्छा।'

चिरऊ महाराज के रोबदाब, दबंगपन, ईमानदारी, साफगोई की इतनी प्रतिष्ठा और आतंक कि कोई उनसे गलत बहस नहीं करता था। कोई करता तो वे कहते—भैया, तुम्हारी ऊटपटाँग बात सुनने के लिए यह करमफूटा चिरऊ ही बचा है। दूसरे लोग हैं, उनको सुनाओ।

चिरऊ महाराज पाँच बड़े कनस्तर दूध लाते थे और एफ छोटा। पर बेचते सिर्फ पाँच कनस्तर थे। छठे छोटे कनस्तर का दूध गरीब बच्चों को पिला देते। उन्हें देखते ही आसपास के बच्चे दौड़कर आते—चलो, चिरऊ महाराज आ गए। दूध पिएँगे। बच्चे आते जाते और चिरऊ महाराज छोटे गिलास से उन्हें दूध पिलाते जाते। कहते थे—यही हमारा थोड़ा-बहुत पुण्य है। नहीं तो क्या धरा है जिन्दगी में। पाँच कनस्तर खाली हो जाते और कोई ग्राहक आकर कहता—इस कनस्तर में तो दूध है। यही दे दीजिए। वे कहते—भैया, वह बेचने का नहीं है। बच्चों को मुफ्त पिलाने के लिए है। क्यों गरीब बच्चों के मुँह का दूध छीनते हो।

चिरऊ महाराज घर से नाश्ता करके दूध पीकर आते थे। दोपहर को मद्रासी होटल में जाते, साथ में एक-दो आदमी और होते। वहाँ न दोसा

खाते, न इडली। माँग देखकर मद्रास होटल के मालिक त्यागराज आलूबंडा भी बनाने लगे थे। चिरऊ महाराज एक प्लेट भरकर साँभर रखवाते टेबिल पर और आलूबंडों का ढेर। साँभर के साथ पाँच-छह आलूबंडे उनका 'लंच' था। मोटर स्टैंड पर होटल भी थे, जहाँ सब्जी, रोटी, दाल खा सकते थे। पर वे आलूबंडे का ही लंच करते। खाकर पेट पर हाथ फेरते। पान-तमाखू खाते और होटल की एक बेंच पर सो जाते। शाम आते उठते और खाली कनस्तर बस में रखकर गाँव लौट जाते।

परोपकारी आदमी थे। जो काफी दूध रोज गरीब बच्चों को मुफ्त पिलाए, उसकी संवेदनशीलता का अंदाज लगाया जा सकता है। वे वैद्य भी थे। इलाज मुफ्त करते थे। कुछ दवाइयाँ खुद बनाते थे और कुछ दुकानों से खरीदते थे। वे छोटे रोग ठीक कर लेते थे। अपने गाँव में या आसपास के गाँवों में किसी के बीमार होने की खबर मिलती, तो चिरऊ महाराज दवाइयों का बक्सा लेकर पहुँच जाते। धोखा नहीं देते थे। कुछ अनाड़ी तो यह भी दावा करते हैं कि कैंसर ठीक कर दूँगा। मगर चिरऊ महाराज मरीज की हालत देखते। ज्यादा बीमार होता, तो कह देते—यह रोग अपने बस का नहीं है। दवा हम दे देते हैं। पर इसे मेडिकल कॉलेज ले जाओ। काफी पैसा उनका दवाइयों पर खर्च होता था।

चिरऊ महाराज विशेष पढ़े-लिखे नहीं थे। अनुभवी बहुत थे। वे 'रामचरितमानस' का रोज पाठ करते थे। रामभक्त थे। वे मानते थे कि कभी राम-राज था, जिसमें कोई दीन, दुखी और रोगी नहीं था। वे मानते थे कि वैसा राम-राज फिर आ सकता है, अगर हम पाप छोड़ दें। सबसे बड़ा पाप है, देश में गोहत्या होना। गोहत्या बन्द हो जाए तो राम-राज आ सकता है।

'रामचरितमानस' के प्रति प्रेम, राम के प्रति भक्ति और गोमाता के प्रति श्रद्धा उन्हें स्वामी करपात्री के संगठन 'रामराज-परिषद' में ले गई। वैसे चिरऊ महाराज न राजनीति समझते थे, न राजनीति का काम करते थे। वे साम्प्रदायिक बिलकुल नहीं थे। मानवतावादी थे। पर जब रामराज-परिषद में शामिल हो गए, तो उसकी राजनीति भी करने लगे।

आम चुनाव आए। स्वामी करपात्री ने उन्हें आदेश दिया कि वे फूलपुर से जवाहरलाल नेहरू के खिलाफ चुनाव लड़ें। सारे मोटर स्टैंड में इसकी चर्चा होती रही। लोगों ने समझाया कि आप नेहरू के खिलाफ मत

लड़ो। फिर वहाँ डाक्टर लोहिया लड़ रहे हैं। आप फजीहत में मत पड़ो। पर चिरऊ महाराज ने कहा—लड़ना तो पड़ेगा। स्वामी जी का आदेश है।

मैंने पूछा—स्वामीजी ने रुपए कितने दिए हैं?

उन्होंने बताया—हजार रुपए।

मैंने कहा—लोकसभा का चुनाव और हजार रुपए। इतने में तो पोस्टर भी नहीं बनेंगे।

चिरऊ महाराज ने कहा—कुछ पास के भी लग जाएँगे। पर लड़ेंगे जरूर। मामूली आदमी के खिलाफ चुनाव क्या लड़ना। नेहरू के खिलाफ लड़ेंगे तो दुनिया में नाम होगा। और हार-जीत का ऐसा है कि हानि, लाभ, जीवन, मरन, जस-अपजस विधि हाथ...सियावर रामचंद्र की जय!

चिरऊ महाराज बदल गए। लगभग मौन रहनेवाले बहुत बोलने लगे। 'रामचरितमानस' उन्हें याद था ही। बात-बात में मानस के उद्धरण देते। वे पूरे नेता हो गए। कपड़े नए और साफ पहनने लगे। मगर दूध के पीपे रोज की तरह ही लाते।

वे उम्मीदवारी का फार्म भरने इलाहाबाद गए। साथ में मोटर स्टैंड के दो लोग गए। स्टेशन पर उन्हें मालाएँ पहनाई गईं। बहुत लोग उन्हें पहुँचाने गए थे। चिरऊ महाराज की जय बोली गई। वे गद्‌गद हो गए। बोले—भैया, हम तो धर्म की लड़ाई लड़ने जा रहे हैं। भगवान राम का आदेश है। और हम हैं हनुमान—जो राउर अनुसासन पावौं, कंदुक इव ब्रह्मांड उठावौं। राम का प्रताप ऐसा है—बिनु पग चलै सुनै बिनु काना, कर बिनु करै कर्म विधि नाना।

इलाहाबाद का हाल साथ गए लोगों ने बताया। इलाहाबाद में बड़ी चर्चा थी कि ये कौन 'चिरऊ महाराज' हैं जो जवाहरलाल के खिलाफ चुनाव लड़ रहे हैं। नाम था उनका—रामनारायण उरमलिया, पर वे 'चिरऊ महाराज' के नाम से ही जाने जाते थे। पोस्टरों में भी नाम के आगे 'चिरऊ महाराज' छपा था।

फार्म भरकर निकले तो पत्रकारों ने घेर लिया। तरह-तरह के सवाल करने लगे। विदेशी पत्रकार भी बहुत थे। इन्होंने कहा—हमें अँगरेजी नहीं आती। जो बात करना है, हिन्दी में करो। बात ये है, हमें जवाहरलाल से कोई शिकायत नहीं है। वे गोहत्या बन्द करवा दें तो हम बैठ जाएँगे।

अब 'चिरऊ महाराज' का अंग्रेजी व विदेशी पत्रकारों ने अर्थ निकाला कि ये चिरऊ नाम के देशी राज्य के महाराज है। गोंडवंश के मालूम होते हैं। रानी दुर्गावती के वंश में आते होंगे। अंग्रेजी अखबारों ने प्रचार किया—Prince of Chirau State contests against Jawaharlal Nehru, Demands ban on cow-slaughtler.

इनकी देखा-देखी हमारे क्षेत्र के बाहर के अखबारों ने भी लिखा—चिरऊ राज्य के महाराज पंडित नेहरू के खिलाफ लड़ रहे हैं।

हम लोग मजा ले रहे थे कि हमारे चिरऊ महाराज दुनिया में 'Prince of Chirau State' के नाम से विख्यात हो गए।

डॉ. लोहिया ने चिरऊ महाराज को बुलवाया। चेलों से कहा—महाराज को दूध पिलाओ। लोहिया को उनके बारे में सब कुछ मालूम हो गया था। लोहिया ने पूछा—जवाहरलाल से आपको क्या शिकायत है? महाराज ने जवाब दिया—हमें एक ही शिकायत है कि उनके राज में गोहत्या होती है। वे गोहत्या बन्द करवा दें तो हम नहीं लड़ेंगे। आपसे कहेंगे कि आप भी बैठ जाओ। एक बात है, लोहिया जी! अगर आप बैठ जाओ तो हम जवाहरलाल को हरा देंगे। लोहिया ने ठहाका लगाया—महाराज, दूध पीओ।

कुछ लोगों ने समझा कि यह बौड़म किसम का आदमी है। इससे नेहरू का चरित्र-हनन कराया जा सकता है। एक साम्प्रदायिक दल के लोग आए। उनके नेता ने कहा—आप तो महाराज रामभक्त हैं। राम मर्यादा-पुरुषोत्तम थे। एक पत्नी व्रतधारी थे। राजा को ऐसा ही होना चाहिए। एक ये राजा हैं जवाहरलाल, जो चरित्रहीन हैं। इसके औरतों से सम्बन्ध हैं। आप इसका पर्दाफाश करो। आप ही इतनी हिम्मत कर सकते हैं। पोस्टर हम छपा देंगे। आप लिखकर दे दो।

चिरऊ महाराज समझ गए। उस नेता से कहा—भैया, क्या तुम्हारी औरत भी जवाहरलाल से फँसी है?

वह बोले—यह क्या बकते हो?

महाराज ने कहा—बकता नहीं, कहता हूँ। तुम क्या मुझे बौड़म समझते हो। समरथ को नहिं दोस गुसाईं—यह तुलसीदास ने कहा है। नेहरू समर्थ हैं। और तुम?

चिरऊ महाराज ने चुनाव-प्रचार 'रामचरितमानस' का पाठ करके ही किया। वे जमकर बैठ गए, और जगह-जगह 'रामचरितमानस' का पाठ

करके प्रचार करते। डीलडौल और व्यक्तित्व के कारण और Prince Chirau State होने के कारण लोग इकट्ठे भी होते। पर कोई उन्हें गम्भीरता से लेता नहीं था।

एक शृंगवेरपुर है गंगा के किनारे। उस जगह केवटों की बहुत आबादी है। चिरऊ महाराज वहाँ राम के सरयू पार करने के केवट-प्रसंग का पाठ करते रहे—

मागी नाव न केवटु आना।
कहइ तुम्हार मरमु मैं जाना॥
चरन कमल रज कहुँ सबु कहई।
मानुष करनि मूरि कछु अहई॥
छुअत सिला भइ नारि सुहाई।
पाहन तें न काठ कठिनाई॥
तरनिउ मुनि घरिनी होइ जाई।
बाट परइ मोरि नाव उड़ाई॥
एहिं प्रतिपालउँ सबु परिवारू।
नहिं जानउँ कछु अउर कबारू॥
जौं प्रभु पार अवसि गा चहहू।
मोहि पद पदुम पखारन कहहू॥

सुनि केबट के बैन प्रेम लपेटे अटपटे।
बिहसे करुनाऐन चितइ जानकी लखन तन॥
बोल सियावर रामचन्द्र की जय!

चिरऊ महाराज को केवटों के काफी मत मिल गए। कुल दस एक हजार मत उन्हें मिले। हारकर लौटे तो फिर वही जिन्दगी—धोती-कुरता पहने डिब्बों से सबेरे से दूध बेच रहे हैं।

बहुत दिनों तक बाहर के लोग इस Prince of Chirau State को देखने आते रहे, जो मोटर स्टैंड पर दिन-भर खड़े-खड़े दूध बेचते थे।

कुछ साल पहले चिरऊ महाराज की मृत्यु हो गई। किसी ने जाना नहीं कि उन्हें कठिन बीमारी है। कोई हल्ला नहीं हुआ। किसी को खास कष्ट नहीं दिया।

दास कबीर जतन से ओढ़ी जस की तस धर दीन्हीं चदरिया!

डॉ. जार्ज डिसिल्वा

—इज़ इट ए फेक्ट दैट दी चाइनीज़ ईट फ्राग्ज़? (क्या यह सही है कि चीनी लोग मेंढक खाते हैं?)

—यस, यस, दा चाइनीज़ ईट फ्राग्ज़ एंड योर फादर ईट्स क्रोकोडाइल्स (हाँ, हाँ, चीनी मेंढक खाते हैं और तुम्हारा बाप मगरमच्छ खाता है।)

सवाल एक युवक ने चिढ़ाने के लिए किया था और खीजकर जवाब डॉ. जार्ज डिसिल्वा ने दिया था।

चीन की क्रान्ति के बाद एक प्रतिनिधिमंडल में डॉ. जार्ज डिसिल्वा चीन-यात्रा पर गए थे। लौटने पर एक बड़े हॉल में सभा हुई, जिसमें डॉ. डिसिल्वा चीन में क्रान्ति के बाद के हालात बता रहे थे। वे अभिभूत थे। वेश्यावृत्ति खत्म, भिखारी कहीं नहीं, उत्साह से निर्माण करते लोग। भारत और चीन दोनों में वे साल अत्यन्त भावात्मक 'हिन्दी चीनी भाई-भाई' के नारे के थे। चीन से भाईचारा, सांस्कृतिक निकटता भारतीय आरम्भ से ही महसूस करते थे। जापानी हमले के समय कांग्रेस ने डाक्टरों का एक दल सद्भावना दर्शाने चीन भेजा था। इसी दल में डॉ. कोटनिस थे, जो वहाँ मारे गए। इस दिन उनकी स्मृति में समारोह हर साल साम्यवादी सरकार भी करती थी, और अब भी करती है। हम लोग भी चीन के प्रति भावुक थे। ऐसे वातावरण में युवक ने डॉ. डिसिल्वा से पूछ लिया कि क्या चीनी लोग मेंढक खाते हैं। डाक्टर चिढ़ गए और जवाब दिया कि हाँ-हाँ, और तेरा बाप मगरमच्छ खाता है।

डॉ. जार्ज डिसिल्वा

'नवभारत' दैनिक के सम्पादक मायाराम सुरजन ने कहा—डाक्टर, आप चीन की अच्छाइयाँ बताइए। भारत की बुराइयाँ क्यों बताते हैं। वे तो हम जानते हें। डॉ. डिसिल्वा चिढ़ गए। बोले—अरे, मैं जानता हूँ, तुम उस अखबार का सम्पादकीय लेख नहीं लिखते जिसके सम्पादक बने हो।

डॉ. डिसिल्वा अत्यन्त भावुक, स्नेही और मानवीय बुजुर्ग थे, मगर चिढ़ते जल्दी थे। पर उनके चिढ़ने में भी स्नेह था, आत्मीयता थी। इसलिए खुरदरा बोलने पर भी कोई बुरा नहीं मानता था।

डॉ. डिसिल्वा के पास चिकित्साशास्त्र की इतनी डिग्रियाँ थीं कि पूरी रोमन वर्णमाला आ जाती थी—ए टू जेड डिग्रियाँ। वे बहुत अनुभवी, बहुत कुशल और बहुत जिम्मेदार डाक्टर थे। गोआ के थे, शुरू से अंग्रेजी से काम पड़ा था, इसलिए हिन्दी अटपटी बोलते थे। वे मरीज से पूछ लेते थे, 'तू शाला, जादा शराब पीता है क्या? शराब कम कर दे नहीं तो मर जायगा।'

डॉ. डिसिल्वा राष्ट्रीय विचारों के थे, स्वाभिमानी थे, स्वतंत्र तबीयत के थे। वे पहले सरकारी नौकरी में थे। अंग्रेज स्वास्थ्य सेवा संचालक से उनकी झड़प हो गई। उन्होंने अंग्रेज साहब को एक तमाचा मारा। इस्तीफा दिया और अपने घर जबलपुर आ गए। जबलपुर में सिविल लाइंस में उनका बहुत बड़ा बँगला था, बड़ा अहाता था। वहीं दवाइयों की बहुत बड़ी दुकान उनकी पत्नी के नाम पर थी। नगर के केन्द्र स्थल खजांची का चौराहा पर उनका दवाखाना था। वे ताँगे में घर से आकर यहाँ बैठ जाते थे। सड़क के उस पार से समाजवादी तरुणों का प्रखर साप्ताहिक पत्र 'प्रहरी' निकलता था। इन तरुणों को वे बहुत स्नेह देते रहे थे। इन्हें 'हमारा लरका लोग' कहते थे। जब मैंने उन्हें जाना तब जयप्रकाश से उनके मतभेद हो चुके थे और वे मार्क्सवादी हो गए थे। डाक्टर कम्युनिस्ट पार्टी के नजदीक आ गए थे। नौकरी छोड़ने के बाद डॉ. डिसिल्वा कांग्रेस में चले गए। कांग्रेस में जब जयप्रकाश नारायण ने कांग्रेस समाजवादी दल बनाया, तब वे इसमें शामिल हो गए। फिर 1939 में जब सुभाषचंद्र बोस ने कांग्रेस छोड़कर 'फारवर्ड ब्लाक' बनाया, तो डाक्टर सुभाष बाबू के साथ हो गए। अन्ततः वे साम्यवादी दल के नजदीक आ गए। तब उनकी उम्र साठ साल से ऊपर थी।

जबलपुर के मेयर रहे श्री सवाईमल जैन ने बताया कि डाक्टर बहुत सहृदय थे। हम तरुण स्वाधीनता संग्राम सैनिकों को वे 'हमारा लरका लोग' कहते थे। हम जेल गए। छूटे तो हम लोग जेल के सामने की सड़क से पैदल आ रहे थे। डिसिल्वा ताँगे में अपने घर जा रहे थे। हमें देखा तो ताँगे से उतर पड़े और वहीं सड़क पर खड़े-खड़े रोने लगे। रोते जाते थे और बोलते जाते थे—हमारा लरका लोग छूट गया। हमारा जेल-डाक्टर हमारे प्रति क्रूर था। तंग करना था। हमारी शिकायत पर ध्यान नहीं देता था। वह कहीं शहर में डॉ. डिसिल्वा को मिल गया। डाक्टर ने उससे पूछा, हमारा लरका लोग ठीक है न? कोई तकलीफ तो नहीं है? और रोने लगे। जेल-डाक्टर का हृदय बदल गया। वह हमारा खास ध्यान रखने लगा। हमें प्रोटीन से भरने लगा। पर वे गलती भी बरदाश्त नहीं करते थे। मुँहफट थे ही। डाँटते—ये शाला तुम क्या बदमाशी करता है? तुम्हारा बाप वो गांधी माथा ठोंक लेगा।

मैंने जब डॉ. डिसिल्वा को देखा, तब उनकी उम्र काफी हो गई थी। वे बन्द गले का खादी का लम्बा कोट और खादी की काली टोपी पहिनते थे। पता नहीं, सफेद क्यों नहीं। मैं 'प्रहरी' के दफ्तर से निकलता तो उन्हें देखता। फिर मेरा परिचय उनसे हुआ। मैं हाईस्कूल में अध्यापक था, पर वे मुझे प्रोफेसर कहते थे। मैं उनके पास कभी-कभी बैठने लगा। बीमार दोस्तों को भी उनके पास मुफ्त इलाज और मुफ्त दवाइयों के लिए ले गया। उन्होंने मुझसे अपने एक अंग्रेजी लेख का हिन्दी अनुवाद भी कराया था। लेख माल्थस के सिद्धान्त की आलोचना था।

वे सुबह अपनी दवा की दुकान से दवाएँ थैले में रखते और ताँगे में बैठकर दवाखाना आ जाते। ये दवाएँ वे गरीब मरीजों को देते थे। पास से पैसे भी देते थे। गरीबों के वे मसीहा थे। यों भी उनका हाथ खुला था। बेहद उदार थे। बहुत पैसा बाँटते थे। सामाजिक, राजनैतिक, सांस्कृतिक कार्यों के लिए भी पैसा देते थे।

फिर भी उनकी आमदनी बहुत थी। वे बहुत अच्छे डाक्टर और इंसान थे। वे कभी-कभी गैर-परम्परागत तरीके से इलाज करते थे। इन मामलों के भी किस्से प्रचलित थे। एक किस्सा मुझे सुनने को मिला। एक सेठ का युवा लड़का उधारी वसूलने गया। रुपए लेकर आ रहा था कि रास्ते

में जुआ खेल गया और सब हार गया। घर आकर वह बीमारी का बहाना करके बिस्तर पर लेट गया। कहता था, मेरे पेट में दर्द है। घबड़ाहट है! परिवारवालों ने एक-दो डाक्टरों को दिखाया मगर दवाओं से कोई फायदा नहीं। दो दिन उसने खाना नहीं खाया। तीसरे दिन डॉ. डिसिल्वा बुलाए गए। डाक्टर ने उसकी जाँच की। फिर परिवार से कहा—एक गमछा पानी में भिगोकर निचोड़कर लाओ। डाक्टर ने उसका कोड़ा बनाया और लड़के को मारने लगे। बोले—तुझे कोई बीमारी नहीं है। बता क्यों बहाना कर रहा है। चल, अकेले में बता। डाक्टर उसे एक कमरे में ले गए। वहाँ उसने रुपए जुए में हारने की बात बता दी। डाक्टर ने कहा—कोई बात नहीं। हम तुम्हारा फेमिली को बोल देगा। कोई तुमसे कुछ नहीं कहेगा। डाक्टर ने उसके परिवार से कहा—लरका है। जुए में रुपया हार गया। इसलिए बहाना कर रहा है। खबरदार, कोई इसको कुछ नहीं बोलेगा। डाँटेगा तो यह फाँसी लगा लेगा। कोई डाँटेगा तो मैं पुलिस में रिपोर्ट कर दूँगा।

डाक्टर बड़े प्रेमी और मेहमाननवाज थे। चाहते थे—जयप्रकाश आ रहे हैं तो मेरे घर ठहरेंगे। आचार्य कृपलानी मेरे घर ठहरेंगे। नेता लोग उनके यहाँ ठहरते भी थे। किसी ने कहा—डाक्टर, गांधीजी को अपने घर ठहराओगे। डाक्टर ने कहा—ना बाबा। उसके लिए खाना हमारे घर में नहीं है। वो मटन, मुर्गा नहीं खाता।

डाक्टर विद्रोही थे। विद्रोह कर देते थे और नतीजे की परवाह नहीं करते थे। अंग्रेज अफसर को तमाचा जड़कर उन्होंने नौकरी खोई ही थी। एक दिन किसी स्थानीय असन्तोष के कारण शहर के कुल तीन सौ पोस्टमैन हड़ताल पर चले गए। हड़ताल गैर-कानूनी घोषित हो गई। पोस्टमैन निलंबित होनेवाले थे। डॉ. डिसिल्वा ने सारे तीन सौ पोस्टमैनों को बीमारी का सर्टिफिकेट दे दिया। पोस्टमैन तो बच गए, पर डाक्टर को नागपुर मेडिकल बोर्ड के सामने बुलाया गया। डाक्टर का प्रेक्टिस का लाइसेंस भी छिन सकता था। बोर्ड में सब डाक्टर थे। वे डिसिल्वा की अकड़ को जानते ही थे। उन्होंने पूछा कि डाक्टर, क्या सम्भव है कि सारे तीन सौ पोस्टमैन एक ही दिन बीमार पड़ जाएँ? डाक्टर ने कहा—बिलकुल हो सकता है। हम सर्टिफिकेट दिया है। बोर्ड ने कहा—क्या ये सर्टिफिकेट झूठे नहीं हैं? डाक्टर ने कहा—लुक हीअर, झूठा सर्टिफिकेट

तुम लोग भी देता, हम भी देता। तुम बड़े अफसरों को झूठा सर्टिफिकेट देता और हम गरीब पोस्टमैनों को।

डाक्टर ने एक कमाल और किया था, जिसे लोग आज भी याद करते हैं। उन्होंने उच्च न्यायालय में याचिका की कि रेलवे प्लेटफार्म पर जाने के लिए प्लेटफार्म टिकिट खरीदने का नियम संविधान के विरुद्ध है। संविधान के अनुसार भारत का नागरिक भारत गणराज्य में कहीं भी जा सकता है। रेलवे प्लेटफार्म एक सार्वजनिक स्थल है और प्रतिबंधित क्षेत्र नहीं है। उस पर जाने के लिए रोक लगाना और टिकिट बेचना संविधान के विरुद्ध है।

डाक्टर यह मामला हार गए।

पंडित माखनलाल चतुर्वेदी

पंडित माखनलाल चतुर्वेदी मध्यप्रदेश में उसी क्षेत्र के थे जिस क्षेत्र का मैं हूँ। वे इटारसी के पास बाबई कस्बे के थे और मैं इटारसी के पास जमानी गाँव का हूँ। वे बचपन में अपने अध्यापक पिता के साथ हरदा, टिमरनी के आसपास रहे और मैं भी अपने पिता के धन्धे के कारण इसी क्षेत्र में रहा। वे खंडवा में रहे। मैंने भी खंडवा में छह महीने अध्यापकी की। उनका स्थायी कार्य-क्षेत्र खंडवा हो गया और मैं किशोरावस्था में वहाँ रहा। उनका बड़ा कार्य—'कर्मवीर' साप्ताहिक निकालना—जबलपुर से शुरू हुआ। मैं भी जबलपुर में बस गया। मेरा लेखन और पत्रकारिता जबलपुर में शुरू हुई और अब तक जारी है। वे नर्मदापुत्र थे। मैं भी नर्मदापुत्र हूँ। इस तरह मैं उनके वंश का ही हूँ।

पर हम अलग-अलग पीढ़ी के थे। वे जब सक्रिय थे, यात्रा करते थे, भाषण देते थे, आन्दोलनों में शरीक होते थे, तब मैं बच्चा था। बड़ा हुआ तो उनके साहित्य को पढ़ा और उनके बारे में बहुत कुछ सुना तथा जाना। मेरी उनसे मुलाकात सिर्फ दो बार हुई खंडवा में। तब वे बीमार रहते थे। मैंने उनका सिर्फ एक भाषण गोंदिया साहित्य सम्मेलन में सुना। इतने कम परिचय के बावजूद माखनलाल जी के प्रति मेरे मन में असाधारण आत्मीयता, प्रशंसा व श्रद्धाभाव रहे। अपनी आदत के मुताबिक मैंने 'वसुधा' में उनके कुछ शब्दों व मुहावरों के 'रिफ्लेक्स' की तरह आ जाने

पर टिप्पणी लिखने की गुस्ताखी की। लिखा था कि अगर माखनलाल चतुर्वेदी का गद्य है तो दो पैराग्राफ में पीढ़ियाँ, ईमान, बलिपंथी, मनुहार, तरुणाई, लुनाई आ जाना चाहिए, वरना वह चतुर्वेदी जी का लिखा हुआ नहीं है। मुझे उनके भांजे श्रीकांत जोशी ने बाद में लिखा कि दादा ने बुरा नहीं माना। मुझसे कहा कि यह परसाई ठीक कहता है। तुम एक कार्डबोर्ड पर इन्हें लिखकर यहाँ टाँग दो, ताकि मैं इस पुनः-पुनः की आवृत्ति से बच सकूँ। यह मैं अपनी महत्ता बताने को नहीं लिख रहा हूँ बल्कि कवि की सचेतता बतला रहा हूँ।

माखनलाल चतुर्वेदी बहुआयामी व्यक्तित्व थे। वे स्वाधीनता-संग्राम के योद्धा थे। पहले वे सशस्त्र क्रान्तिकारियों के दल में थे और पिस्तौल लेकर छिपकर घूमते थे। फिर वे गांधीवादी हुए और कांग्रेसी हो गए। वे पुराने मध्यप्रदेश के सबसे पहले सत्याग्रही जत्थे में थे और जेल गए। बाद में हर आन्दोलन में वे जेल गए। वे अद्‌भुत प्रभावकारी वक्ता थे। जैसा कहते हैं, उनकी वाणी में सरस्वती थी। महान शायर रघुपति सहाय 'फिराक़', जो हिन्दी विरोधी माने जाते थे, ने उनका भाषण इलाहाबाद में सुनकर कहा था कि चतुर्वेदी जी का भाषण सुनने के बाद मैंने जाना कि हिन्दी में इतनी क्षमता है। बाद में फिराक़ ने यहाँ तक कहा कि मैंने भाषा और मुहावरे उनसे सीखे। डॉ. अमरनाथ झा, पंडित हजारीप्रसाद द्विवेदी ने मुक्त कंठ से उनके भाषणों की तारीफ की। वे पत्रकार थे। पहले उन्होंने 'अभ्युदय' और 'प्रताप' में काम किया, 'प्रभा' साहित्यिक मासिक पत्रिका निकाली। पर उनकी निर्भीक, ओजमयी पत्रकारिता आई 'कर्मवीर' साप्ताहिक में। 'कर्मवीर' साप्ताहिक उन्होंने जबलपुर से निकाला। बाद में साथ खंडवा ले गए। जबलपुर में आयरिश डिप्टी कमिश्नर के बँगले पर 'कर्मवीर' का घोषणा-पत्र भरने गए तो साहब ने पूछा—जब यहाँ से एक अँगरेजी साप्ताहिक निकल ही रहा है तब हिन्दी की क्या जरूरत है? माखनलाल जी ने जवाब दिया—अँगरेजी साप्ताहिक दब्बू है। मैं ऐसा पत्र निकालना चाहता हूँ जिससे अँगरेजी शासन हिल उठे। वे महान कवि थे। निराले थे। अद्‌भुत गद्य-लेखक थे। शैलीकार थे। राजनैतिक, सामाजिक टिप्पणीकार थे। इतने गुणों से युक्त उनका एक 'लीजेंडरी' व्यक्तित्व था। मझोले कद, गौर वर्ण, चिन्तनशील आँखों और लम्बी नुकीली नाकवाले इस व्यक्तित्व

में एक गजब कोमलता तथा दबंगपन था। यह आदमी जब मुँह खोलता या कलम चलाता तो लगता कि या तो ज्वालामुखी फूट पड़ा है या नर्मदा की शीतल धार बह रही है। माखनलाल जी जैसा बोलते थे, वैसा ही लिखते थे। उनका भाषण भी काव्यमय होता था। ऐसे व्यक्ति को कलम के धनी या वाणी के धनी कहने से काम नहीं चलता। शायद कोई शब्द या शब्द-समूह उन्हें व्याख्यायित नहीं कर सकता।

सन् 1965 में खंडवा में मध्यप्रदेश के तत्कालीन मुख्यमंत्री पं. द्वारकाप्रसाद मिश्र ने उनका सार्वजनिक सम्मान किया था। वे बहुत बीमार और अशक्त थे। तब सम्मान के जवाब में जो उन्होंने कहा, वह उनकी दृष्टि की विराटता, संवेदना की व्यापकता और मानवीय मूल्यवत्ता का शायद आखिरी वक्तव्य है। उन्होंने कहा—

'जहाँ कहीं मनुष्य का अपने अभिमत के प्रति समर्पण है, जहाँ कहीं जीवन की श्रम से आराधना है, जहाँ कहीं उत्सर्ग और बलिदान के मोमदीप अन्धकार को अपनी बलि दे रहे हैं, जहाँ कहीं नगण्यता गण्यमान्यता को चुनौती दे रही है, जहाँ कहीं हिमालय की रक्षा में सिरों को हथेलियों पर लेकर मरण-त्यौहार मनानेवाली जवानियाँ हैं और जहाँ कहीं पसीना ही नगीना बना हुआ है, वहीं पर, केवल वहीं पर, आपका माखनलाल दीखते हुए या न दीखते हुए भी उपस्थित रहना चाहता है।'

माखनलाल जी गांधीवादी थे, यह सही है। पर वे इस सीमा में बँधे नहीं थे। वे विद्रोही थे। उनमें वैष्णव मधुर साधना, समर्पण आदि हैं। उन पर सूफी प्रभाव भी है। पर एक बड़ी महत्त्वपूर्ण बात है। इस गांधीवाद और वैष्णववाद के साथ ही वे सामाजिक क्रान्तिकारी भी थे। उन्होंने रूस की समाजवादी क्रान्ति के समर्थन में 'कर्मवीर' में लिखा है। वे लेनिन को 'महात्मा' लिखते थे और 'कर्मवीर' में लेनिन की पत्नी क्रुप्सकाया के संस्मरणों के आधार पर उन्होंने लेनिन के बारे में काफी लिखा है। एक टिप्पणी में वे लेनिन के जीवन की एक घटना का उल्लेख करते हैं। क्रान्ति के बाद ही रूस में अकाल पड़ा। लोग भूखे मरने लगे। प्रतिक्रान्तिकारियों ने लोगों को भड़काया कि लेनिन ने तुम्हें धोखा दिया। वह तो अपने महल में मजे उड़ा रहा था। भीड़ लेनिन के निवास पर पहुँची। लेनिन-विरोधी नारे लगाए, खिड़कियाँ तोड़ीं। लेनिन फाइलों पर

काम करते रहे। तभी लेनिन की लड़की डिब्बा लेकर आई और कहा—पिताजी, आपने तीन दिन से कुछ नहीं खाया। ये रोटी खा लीजिए। भीड़ स्तब्ध रह गई। लेनिन ने डिब्बा खोला और उसमें से रोटी के दो अधजले टुकड़े निकाले। भीड़ में कई लोग रो पड़े और लेनिन की जय बोली जाने लगी। गोर्की के वे परम प्रशंसक थे। मेरा मतलब यह है कि गांधीवाद से वे आगे जाते थे। किसानों के जीवन पर, साम्राज्यवादी शोषण के तरीकों पर और वांछित समाज-रचना पर जो उन्होंने लिखा है, उससे मालूम होता है कि वे वैज्ञानिक दृष्टिसम्पन्न चाहे न हों, पर विश्वासों से समाजवादी थे। सवाल है—उनके वैष्णववाद से इस विद्रोह और समाजवाद का तालमेल कैसे बैठता है? वैष्णववाद तो समर्पणवाद है। इसे वे खुद समझाते हैं। अपनी एक टिप्पणी में वे लिखते हैं—मैं कहूँगा कि यह वैष्णववाद भी विद्रोह है। विद्रोह के साथ बात यह है कि आज जो विद्रोह है वह कल की समाज-रचना करता है और परसों, रूढ़ि हो जाता है। जो विष्णु क्षीर सागर में लक्ष्मी से अपने पैर दबवाता पड़ा रहे, वह यदि वंचितों के और दीनों के लिए काम करने लगता है तो वही रूप लोगों के सामने रखना चाहिए।

आगे लिखा है—मैं तो वैष्णववाद को वही मानता हूँ जो आज का तरुण चाहता है। माखनलाल जी का कहना है कि वैष्णववाद एक विद्रोह था। बौद्ध और जैन धर्म भी तत्कालीन समाज-रचना के खिलाफ विद्रोह थे। समाज में रूढ़ि बन जाती है। गद्दियाँ स्थापित हो जाती हैं। आधुनिक लोकतंत्र में राजनेताओं की जब गद्दियाँ बन जाएँगी तब इनके खिलाफ भी विद्रोह होगा।

माखनलाल जी के वैष्णववाद का इस तरह विद्रोह से तालमेल बैठता है। इस संप्रक्ति से ही उनकी दृष्टि बनी थी और 'कर्मवीर' में उनके लेखों, टिप्पणियों तथा कविताओं में यही वैष्णववाद, गांधीवाद और विद्रोह साथ है। 'कर्मवीर' के उनके लेखों के बारे में महान शायर रघुपति सहाय फिराक ने कहा है—इनके लेखों को पढ़ने से ऐसा मालूम होता था कि आदिशक्ति शब्दों के रूप में उतर रही है। यह शैली हिन्दी में ही नहीं, भारत की दूसरी भाषाओं में भी विरलों को नसीब हुई। मुझ जैसे हजारों लोगों ने भाषा लिखने की कला माखनलाल जी से सीखी।

माखनलाल जी ने अस्वस्थता, बार-बार जेल यात्रा, राजनीतिक कर्म के बावजूद बहुत लिखा है। उनका सम्पूर्ण लेखन साढ़े चार-चार सौ पृष्ठों के दस खंडों में प्रकाशित हुआ है। इनमें उनका काव्य, गद्य, नाटक, लेख, सम्पादकीय, टिप्पणियाँ, पत्र आदि हैं। जिस छोटी-सी कविता के कारण माखनलाल जी स्वाधीनता के पहले और बाद में भी जाने जाते थे, वह है—'एक पुष्प की अभिलाषा'। यह देशभक्ति के उद्‌बोधन की कविता है। पंक्तियाँ हैं—

चाह नहीं मैं सुरबाला के गहनों में गूथा जाऊँ
चाह नहीं प्रेमी माला में बिंध प्यारी को ललचाऊँ
चाह नहीं सम्राटों के शव पर हे हरि डाला जाऊँ
चाह नहीं देवों के सिर पर चढ़ूँ भाग्य पर इतराऊँ
मुझे तोड़ लेना बनमाली उस पथ पर तुम देना फेंक
मातृभूमि पर शीश चढ़ाने जिस पथ जाएँ वीर अनेक

यह कविता 1922 में लिखी गई थी। माखनलाल जी ने देशभक्तिपूर्ण और उद्‌बोधन काव्य बहुत लिखा है। उनकी एक ओजस्वी कविता है—'जवानी', जिसमें ये पंक्तियाँ आती हैं—

एक हिमगिरि एक सिर का मोल कर दे,
दो हथेली हैं कि पृथ्वी गोल कर दे।

'विद्रोही', 'बलिपंथी से', 'अमर सेनानी' जैसी सैकड़ों कविताएँ उन्होंने लिखीं जिनमें देशभक्ति, उत्सर्ग, विद्रोह, वीरता के भाव हैं। इनकी शब्दावली अत्यन्त ओजपूर्ण है और बिंब विराट हैं। उनकी 'कैदी और कोकिला' कविता भी बहुत प्रसिद्ध है। आजादी के बाद पद और स्वार्थ-साधन की दौड़ लगी। नैतिक मूल्यों का पतन हो गया। राजनीति लाभ-लोभ की हो गई। माखनलाल जी को इस स्थिति से बड़ी पीड़ा हुई। उनके सपने की स्वाधीनता यह नहीं थी। उन्होंने इस पतनशीलता पर भी गहरी चोट कई कविताओं में की।

एक कविता है—

समझ गए तुम गलत कि बस अब
सारा काम तमाम हो गया
चार महीने की जेलों में आजादी दी नाम हो गया।

आगे है—

दस वर्षों के शिशु शासन पर हम बूढ़े चढ़ बैठे ऐसे
मीठी कुर्सी, मीठे रुपए, मीठे सपने कैसे-कैसे
मेरा लड़का तेरा नाती, उसकी भावज उनकी बेटी
तू सच्चा है पक्ष रहित है अन्धे तू परोस दे रोटी

काल शीश पर हुंकार दे मैं रँगरेलियाँ खेल रहा हूँ
खा-पीकर जनता की गाड़ी आगे खूब ढकेल रहा हूँ
उन्हें स्मरण रहे कि मैंने लाभों की फेहरिस्त बना दी
आजादी की पुस्तक लिख दी उसमें अपनी मूर्ति सजा दी

उनकी रूमानी कविताएँ भी बहुत हैं। प्रेम, समर्पण, प्रकृति-सौन्दर्य की अनगिनत कविताएँ हैं। ये बहुत भावमय हैं, अन्तस्तल से निकली हैं! एक कविता है—

यौवन मद झर सखि, जाग री!
आया है संदेश, जीवन का पाया है श्यामल धान्य का
उड़ चल सजनि पंख तेरे हों राग और अनुराग री
लगा वासनाओं का मेला री तूने सौभाग्य ढकेला
फिसलन पर कह तो अलबेली कैसे जागें भाग री!

माखनलाल जी ललित गद्य के मास्टर थे। ऐसा कहा जाता है कि 'साहित्य देवता' के ललित गद्य जैसा गद्य किसी भारतीय भाषा में दुर्लभ है। उसकी तुलना खलील जिब्रान के गद्य से की जाती है।

एक ही उदाहरण देता हूँ—

—आज तो उदास, पराजित और भविष्य की वेदनाओं की गठरी सिर पर लादे मेरे बाग में उन कलियों के आने की उम्मीद में ठहरता हूँ जिनके कोमल अन्तस्तल को छेदकर उस समय जब तुम नगराधिराज का मुकुट पहने, दोनों स्कंधों से आनेवाले संदेशों पर मस्तक डुला रहे होगे, गंगी और जमुनी का हार पहने बंग के पास तरल चुनौती पहुँचा रहे होगे, नर्मदा और ताप्ती की करधनी पहने विंध्य को विश्व नापने का पैमाना बना रहे होगे, कृष्णा और कावेरी की कोरवाला नीलांबर पहने विजयनगर का संदेश पुष्प प्रदेश से गुजारकर सह्याद्रि और इरावली को सेनानी बना मेवाड़

में ज्वाला जगाते हुए देहली से पेशावर और भूटान चीरकर अपनी चिरकल्याणमयी वाणी से तिब्बत को न्योता पहुँचा रहे होगे—

माखनलाल जी ने संस्मरण और व्यक्ति-रेखाचित्र भी बहुत लिखे हैं। तिलक पर उनके लेख का पहला ही वाक्य है—लोकमान्य तिलक के गुणों का वर्णन करना उसी तरह है जैसे उफनती गंगा के किनारे बैठ बूँदों के हिसाब का रजिस्टर खोलना। 'कर्मवीर' में उनकी टिप्पणियाँ और लेख बहुत अच्छे हैं। वह चुनौतीपूर्ण लेखन है जिसमें बड़े साहस की जरूरत होती है। राजनीतिक समस्याएँ, साम्राज्यवादी शोषण, अपने समय की घटनाओं, विश्व की घटनाओं, सत्याग्रह, असहयोग, बूचड़खाना खोलना—विभिन्न विषयों पर बहुत सुचिन्तित और अत्यन्त प्रौढ़ भाषा में लिखी ये टिप्पणियाँ और लेख कोरी पत्रकारिता न होकर साहित्य की कोटि में आते हैं।

माखनलाल अद्‌भुत प्रतिभा के धनी थे। उन्हें दुबारा सिलसिले से पढ़कर लगता है कि उनका सही मूल्यांकन होना है। वे उससे बहुत बड़े थे, जितना माने जाते हैं।

सोमदत्त की याद

सोमदत्त की मृत्यु को बीसेक दिन हुए होंगे। कल ही उसके पिताजी से उसके परिवार की व्यवस्था के सम्बन्ध में बात हुई। सोमदत्त डेढ़ महीना पहले ही मुझसे मिला था। मेरे पास बड़ी देर बैठा रहा। एक बहुत महत्त्वपूर्ण मसले पर वह चर्चा कर रहा था, तभी और बन्धु आ गए और दूसरी बातें शुरू हो गईं।

सोमदत्त बड़ा कवि था। उसके काव्य पर लिखा गया है और लिखा जाएगा। पर मेरे उससे रिश्ते दूसरे थे। कई साल पहले की बात है। मैं जबलपुर के मॉडल हाईस्कूल में अध्यापक था। नए सत्र में जब मैं कक्षा पाँचवीं में गया, तो नए छात्रों में सोमदत्त गर्ग भी था। मुझे याद है, हाफ पैंट-शर्ट पहने, बड़ी आँखोंवाला, गोरे-चौड़े चेहरेवाला वह छोटा-सा लड़का। अभी बावन साल की उम्र में भी उसके चेहरे में कोई फर्क नहीं आया था। उसने चालीस साल पहले जो मुझे मास्साब कहना शुरू किया था तो जीवन-भर उसने 'मास्साब' कहा, परसाई जी नहीं। मेरे मित्रों, परिचितों से भी वह मेरे बारे में बात करता तो 'मास्साब' ही कहता और लोग समझ जाते कि यह परसाई की बात कर रहा है।

असंख्य छात्रों में कोई-कोई छात्र पता नहीं क्यों याद रह जाता है। उसमें कुछ विशिष्टता होती है, जो ध्यान खींचती है। सोमदत्त की बड़ी गम्भीर आँखें विशिष्ट थीं, अत्यन्त भावपूर्ण। दूसरी बात—वह जब दस

साल का लड़का था, तब भी गम्भीर था, उचक्का या ऊधमी नहीं था। मुझे याद आता है, न वह झगड़ालू लड़का था, न बातूनी, न दिखाऊ, न सतही। तभी वह लड़का अन्तर्मुखी लगता था। कम बोलता और सोच-सोचकर बोलता। पढ़ने में वह बहुत अच्छा था ही। उसके पिता से मेरा परिचय हुआ। उनसे मेरे अच्छे सम्बन्ध हो गए। सोमदत्त घर का लड़का हो गया। उसके पिता वकील थे। कई सालों से कानून महाविद्यालय के प्राचार्य हैं। नाम है—सुदामा प्रसाद गर्ग।

मैं नहीं जानता कविता लिखना उसने कब और कैसे शुरू किया। मैंने तो उसे कविता लिखने को प्रेरित नहीं किया। पर जब वह पशु चिकित्सा महाविद्यालय में था, तो कभी-कभी मेरे पास आता था। कविताएँ सुनाता और पढ़ने को पत्रिकाएँ ले जाता। मैं तब नहीं समझता था कि कविता को यह इतनी गम्भीरता से लेगा। पर वह लगातार बढ़ रहा था। पढ़ता, सोचता और लिखता। उसकी चेतना का विस्तार होता गया। और जबलपुर की साहित्य मंडली ने जाना कि एक नया कवि सोमदत्त हो गया।

सोमदत्त बहुत जिज्ञासु था। मुक्तिबोध जब मेरे घर ठहरे थे, तो सोमदत्त आता और उनकी बातें सुनता। खुद बहुत कम बोलता। प्रश्न उठाता और मुक्तिबोध समझाते जाते।

जो उसे जानते रहे हैं उन्हें मालूम है सोमदत्त अपार धीरज का आदमी था। वह विचलित नहीं होता था। सहता जाता था और सौम्यता बनाए रखता था। जहर भी पीता था, पर प्रकट नहीं होने देता था। भावुक था, पर हड़बड़ी उसमें नहीं थी। बहुत गहराई थी उसमें। वह निन्दा नहीं करता था। उसका शत्रु मुश्किल से कोई होता था। यों ईर्ष्या-द्वेष के कारण शत्रु किसके नहीं होते। सोमदत्त किसी को चोट नहीं पहुँचाता था। खुद सह लेता था। साहित्य परिषद् के सचिव और 'साक्षात्कार' के सम्पादक की हैसियत से उसे कितने ही लेखकों से काम पड़ता था। पर उसकी शिकायत शायद ही कोई लेखक करता हो। 'साक्षात्कार' के द्वारा उसने कुछ अच्छे और जरूरी काम आरम्भ किए, जैसे 'धरोहर'। सोमदत्त कभी भी उसमें नहीं पड़ता था, जिसे 'स्माल टाक' कहते हैं। सुनने का धैर्य उसमें बहुत था और लम्बे वक्तव्य सुनकर वह निहायत गम्भीरता से दो-तीन वाक्य बोल देता था।

सम्बन्धों को सोमदत्त निभाता था। मुझसे उसके सम्बन्ध मात्र दो लेखकों के सम्बन्ध नहीं थे। मैं उसका 'मास्साब' था और उसके परिवार का मित्र। यह सम्बन्ध वह असुविधा सहकर भी निभाता था। सन् 1981 में मैं तीन महीने भोपाल के हमीदिया अस्पताल में भरती रहा। जब मैं चलने का अभ्यास करने लगा, तो दूर टी.टी. नगर से सोमदत्त सुबह आ जाता। मुझे व्यायाम कराता, फिर घर लौटता और वहीं से दफ्तर। मैंने उससे कहा, पाँच-छह किलोमीटर आते-जाते हो। मुझे व्यायाम कोई और करा देगा। तुम मत आया करो। पर वह नहीं माना। सुबह बराबर आता रहा। यह निरी भावुकता नहीं थी, न दिखावट न औपचारिकता। गहरे उसके मन में यह आत्मीयता थी। इस काम को करना वह अपना अधिकार मानता था।

सोमदत्त बहुत दुख दे गया। उसने बहुत जल्दी की। हमारे साथ ज्यादती की।

बाबू बालगोविंद गुप्त

'वसुधा' का अंक छपके तैयार है। वे पैकेट रखे हैं। पिछले अंक की छपाई का पैसा तुमने अभी तक नहीं दिया। वो पैसा दो और यह अंक ले जाओ।

—बाबूजी, पैसा तो अभी हमारे पास नहीं है।

—तो हम यह अंक भी नहीं देंगे।

—यह अंक नहीं देंगे तो हम आपका पिछले अंक का बिल भी नहीं दे सकेंगे।

—ये का बात हुई? का हमारा पैसा खा जाओगे?

—नहीं, मेरा मतलब है यह अंक हम विज्ञापनदाताओं को देंगे और उनसे पैसा लेंगे। आप अंक नहीं दोगे तो किस आधार पर हम उनसे पैसा लेंगे। आप अंक दे दो, तो हम आपको पैसा बटोरकर दें।

—हम नहीं दें तो?

—तो हमारी पत्रिका बन्द हो जाएगी और आपके पैसे डूब जाएँगे।

—तुम अजब आदमी हो। हमारे दाँव से हमको ही चित करते हो!

—बाबूजी, मेरे तर्क में क्या गलती है?

—तुम्हारे तर्क के मारे ही तो हम परेशान हैं इतने महीनों से। 'वसुधा' से हमें कुछ नहीं मिलता। अच्छा, ले जाओ वह अंक। और ये बताओ, तुम हमारे घर भोजन कब करोगे?

—अभी बारह बजे हैं। आप घर भोजन करने जा ही रहे हैं। मैं अभी आपके साथ भोजन करने चलता हूँ।

—(वे हँसे) तुम्हारी सभी बातें अजब हैं। हमने पूछा कि कब भोजन करोगे और तुम कहते हो, अबई चलो!

—बाबूजी, आपके परिवार में बीस आदमी हैं। वे खाएँगे ही। मैं भी खा लूँगा।

—अरे नहीं भाई, तुम्हारे लिए हम कुछ खास पकवान वगैरह बनवाएँगे। दो-चार आदमियों को और बुलवाएँगे, जो हमारे अपने हैं और तुम्हारे प्रशंसक।

—तो फिर आप ही दिन तय कर दीजिए।

यह वार्तालाप शुभचिंतक प्रेस के मालिक स्व. बालगोविंद गुप्त (तब 70 वर्ष के) और मेरे (तब 35 वर्ष) बीच का है। सन् 1957 रहा होगा। हमने 'वसुधा' मासिक पत्रिका निकाली थी। चंदा, ग्राहक और कुछ विज्ञापनों के भरोसे पत्रिका निकल रही थी। छपती थी शुभचिंतक प्रेस में। मालिक गुप्त जी तब सत्तर साल के थे। (अब पाठक वार्तालाप आरम्भ से एक बार फिर पढ़ें)। गौर वर्ण, इकहरा शरीर, झर्राटेदार मूँछें, तरुणों जैसी फुर्ती और अपार ऊर्जा। दो-तीन जवान आदमियों के बराबर काम वे उस उम्र में भी करते थे।

मेरे सम्बन्ध ही उनसे कुछ नोक-झोंक से शुरू हुए थे। पंडित भवानीप्रसाद तिवारी के चुनाव के दौरान हमने सवा महीने 'समाज' नाम से दैनिक 'पम्फ्लेट' निकाला था, बड़ी साइज के चार पृष्ठ। वह शुभचिंतक प्रेस में ही छपता था। यह बात 1952 की है। हम बाबूजी को दो-तीन दिन में चुकारा कर देते थे। एक बार देर हो गई। वे गरमा गए। कहने लगे—ए, हमने तुम्हारे सरीखे बहुत देखे हैं। मैंने कहा—और हमने आपके सरीखा कोई दूसरा नहीं देखा। वे चौंके—का मतलब तुम्हारा? मैंने कहा—मतलब ये कि ऐसा आदमी हमने कोई दूसरा नहीं देखा जो इतने परिचय और परीक्षा के बाद भी एक दिन का भी भरोसा न करे और सबको बेईमान समझे।

वे हँस दिए। बोले—तुम्हारी कलम और जबान दोनों ही तेज हैं। वे टेबिल की दराज में सेब, काजू, किसमिस रखे रहते थे और जब-तब निकालकर खा लेते थे। मैं और नर्मदा प्रसाद सराफ भूखे बैठे हुए पम्फ्लेट

लिखते रहते थे। मैंने तभी एक चीज लिख दी और एक स्थानीय पत्र में छपा दी—'मालिक किसमिस खाता है।' इसमें मैंने व्यक्ति बदल दिया था। किसमिस खानेवाला प्रेस मालिक नहीं, एक बड़ा कपड़ा व्यापारी था। बाबूजी ने उसे पढ़ा। दूसरे दिन मुझसे कहा—काये, तुमने हमारे बारे में भी कहानी लिख दई।

मैंने कहा—नहीं बाबूजी, आपके बारे में कहानी लिखने की बदतमीजी मैं कैसे कर सकता हूँ?

उन्होंने कहा—काये, किसमिस तो हमई खात हैं। और तुम रोज देखत हो। लो, आज तुम भी काजू-किसमिस खाओ। इतना काम करते हैं तो खाते भी हैं। नहीं, तो काम कैसे हो।

बाबू बालगोविंद गुप्त पढ़े-लिखे थे। ज्ञानी आदमी थे। उन्होंने मध्यप्रदेश का एकमात्र साप्ताहिक पत्र 'शुभचिंतक' निकाला था। हम स्कूल के छात्र थे, तबसे इसे पढ़ते थे। बहुत छोटे आरंभ से बड़ी मेहनत से उन्होंने बड़ा प्रेस बनाया था। वे खुद कम्पोजीटर थे। फिर उन्होंने छोटी ट्रेडिल मशीन से प्रेस शुरू किया और प्रेस बढ़ाते गए। 'शुभचिंतक' फिर निकालने की उनकी आकांक्षा अन्त तक बनी रही। वे मुझसे कहते थे—हमने तुम्हारा काम देख लिया है। हम समझ गए हैं तुमको। दुबारा शुभचिंतक निकालेंगे तो तुम्हीं को सम्पादक बनाएँगे।

वे प्रेस का हर काम कुशलता से कर लेते थे—कंपोजिंग, कटिंग, मशीनमैनी, पैकिंग। अगर छपाई का काम देने का वक्त आ गया है और कटिंग नहीं हुई है तो सतर साल का यह बूढ़ा आदमी कटिंग मशीन पर चला जाता और कटिंग करने लगता। एक नए कंपोजीटर का काम सात दिन तक देखकर वे उसके पास गए। बोले—देख छोटेलाल, जो काम हमने तुमको दिया वह 35 मिनट का है और तुमने 50 मिनट लगा दिए। तुम जानते हो, हम कंपोजिंग कर चुके हैं। तुम अलाली छोड़ो।

सुबह नौ बजे बाबूजी प्रेस के फाटक पर होते। अपने हाथ से ताला खोलते। कर्मचारी आते जाते। वे 12 बजे तक काम करते। फिर भोजन करने घर जाते और भोजन तथा आराम के बाद दो बजे प्रेस लौट आते। फिर रात को नौ बजे तक प्रेस में रहते। बड़े लड़के अवध बिहारी को सुबह 2-3 बजे तक मंडली में बैठने का शौक था, तो वे सुबह-सुबह सोते और

तैयार होकर एक बजे प्रेस पहुँचते। छोटा लड़का बृज बिहारी पढ़ता था तो वह छुट्टी के बाद प्रेस आता। सारा दिन बाबूजी और उनके सहायक अग्निहोत्री जी काम करते थे। काम के बारे में इतने सावधान कि वक्त पर छपा काम दे देते थे। किसी से 3 बजे देने को कहा है तो 2 बजे काम तैयार है। पैसा वसूल करने में भी उतने ही सख्त। कहते—तुमने तीन बजे का कहा था तो हमने दो बजे तुम्हारे पैकेट बाँध दिए। और तुम कहते हो कि कल पैसा ला देंगे।

कर्मचारियों से काम लेने में सख्त थे, मगर उनसे स्नेह भी करते थे। कर्मचारी भी उनसे डरते थे, पर उन्हें चाहते बहुत थे। वे उनके स्नेह-भाव को समझते थे।

एक दिन कहने लगे—बड़ा खर्च है हमारे घर का। बीस मेंबर हैं। हमारे मास्टर बाबू (बड़ा लड़का) की ही आठ संतानें हैं। तुम देख लेना, वे पूरी हॉकी टीम करेंगे, ग्यारह की।

वे जीवन पूर्णता में जीते थे और खुश रहते थे। हर हफ्ते जिस दिन प्रेस बन्द होता, वे नियम से फिल्म देखते थे और अपने साथ किसी नौजवान को ले जाते थे—अक्सर स्वर्गीय छोटेलाल उसरेठे, शिक्षक नेता और स्वतंत्रता-संग्राम सेनानी के लड़के को।

एक दिन कहने लगे—ए परसाई, तुम अब शादी क्यों नहीं कर लेते।

मैंने कहा—हमारा कौन है, जो हमारी शादी कर दे। माँ बचपन में मर गई। बाप दस साल पहले मर गए। हम तो अनाथ लड़के हैं। आप ही हमारे बाप बन जाओ।

उन्होंने कहा—ए, तुम जे बात 'सीरियसली' कह रहे हो तो हम देखें तुम्हारे लिए अच्छी पढ़ी-लिखी उम्दा लड़की। ठाठ से बरात निकालेंगे, तुम्हारी।

'वसुधा' की आर्थिक हालत लगातार गिरती गई। हमने उसे बन्द करने का तय कर लिया। पिछले अंक की छपाई का बिल चुकाने बाबूजी के पास पहुँचा। वे बोले—इस महीने तो तुम तड़ाक-फड़ाक ले आए। अगले अंक का मैटर कहाँ है। मैंने कहा—बाबूजी, अब अगला अंक नहीं होगा। हम हार गए। पैसे का इन्तजाम अब नहीं होता। पौने तीन साल बहुत हो गए। अब हम 'वसुधा' बन्द कर रहे हैं।

वे बहुत दुखी हो गए। सोचने लगे, 'वसुधा' से उन्हें दिली लगाव हो गया था। बोले—परसाई, इस तरह निराश होकर अच्छा काम नहीं छोड़ा जाता। हमने जिन्दगी में बहुत उतार-चढ़ाव देखे हैं। देखो, 'वसुधा' के तीन अंक हम निकालते हैं। इतने में तुम लोग अपनी स्थिति सँभाल लो।

उन्होंने तीन अंक निकाले। घाटे का काम था। पर स्थिति हमसे सँभली नहीं। 'वसुधा' बन्द हो गई। चार साल पहले प्रगतिशील लेखक संघ की त्रैमासिक पत्रिका के रूप में उसका प्रकाशन फिर शुरू हुआ। मैं उसका गैर-जिम्मेदार प्रधान सम्पादक अब भी हूँ।

उनकी जब मृत्यु हुई तब मैं जबलपुर से कई दिनों से बाहर था। मैं लौटा तब उनकी मृत्यु हुए कुछ दिन हो चुके थे। उनके छोटे लड़के मल्लू ने कहा—बाबूजी आपको बहुत याद करते थे। कहते थे, परसाई को बुलाओ और मुझसे मिलवा दो।

जयवंत पांडे

हॉल खचाखच भरा था। नगर का बुद्धिजीवी वर्ग वहाँ उपस्थित था। एक प्रोफेसर साहब एक साल अमेरिका में रहकर आए थे। यह करीब चालीस साल से ऊपर की बात है। तब अमेरिका जाना अब जैसा आम नहीं था। अब तो चाहे जो अमेरिका चला जाता है। तब विरला ही जाता था। सरकारी कॉलेज के प्रोफेसर का अमेरिका जाना बड़ी नियामत थी।

प्रोफ़ेसर साहब अमेरिका के बारे में बता रहे थे। निश्चित ही वे बहुत प्रभावित होकर आए थे और भाव-विभोर होकर अमेरिकी जीवन की तारीफ कर रहे थे। तभी एक नवयुवक उठा और बोला—सर, टेल अस एबाउट दी लिंचिंग ऑफ नीग्रोज़ इन अमेरिका? प्रोफेसर साहब लड़खड़ा गए। कुछ बोले नहीं तो फिर उसी युवक ने पूछा—सर, न्यूयार्क की सड़कों पर औसतन, कितने नीग्रो लिंचिंग से रोज मारे जाते हैं?

प्रोफेसर साहब ने घबड़ाते हुए कहा—आई डोंट नो। वही युवक बोला—यदि आप यह काला तथ्य नहीं जानते तो अपनी एलिस इन 'वंडरलैंड' कथा सुनाते जाइए। युवक बैठ गया। सबकी नजरें उसकी तरफ थीं। प्रोफेसर साहब ने आठ-दस वाक्य बोले और बैठ गए।

वह युवक अकड़ से चला और अपने दोस्तों के साथ बाहर ठहाके लगाने लगा। बोल रहा था—दीज़ स्लीपी प्रोफेसर्स हिज नो ईयर्स आईस एंड ब्रेंस।

मैं उससे तभी परिचय करना चाहता था। पर मौका ठीक नहीं था। कुछ समय बाद मैं अपने एक कवि मित्र के साथ सड़क पर जा रहा था कि सामने से वही आदमी आया। मित्र ने मेरा परिचय उससे कराया। वह एकदम गले मिला और हम दोस्त हो गए। मैंने कहा—मैं उस मीटिंग में था जिसमें तुमने उन प्रोफेसर की हुलिया बिगाड़ दी थी।

उसने कहा—व्हाई डिड यू नाट चैलेंज हिम ?

मैंने कहा—यू डिड दी जॉब वैल। तभी होटल आ गया। वह एकदम रुक गया और बोला—आदमी समोसे खाएगा।

हम तीनों भीतर गए और समोसे खाए। उस युवक का नाम था जयवंत पांडे। अब नाम से कुछ नहीं होता। मनोविज्ञान में एम.ए. और शिक्षणशास्त्र में बी.टी. था। खूब अध्ययनशील था। अँगरेजी और हिन्दी साहित्य का विशेष अध्ययन था। मार्क्सवाद का उसने विशेष अध्ययन किया था। इतिहास का भी ज्ञाता था।

पर वह असामान्य व्यवहार कभी-कभी कर बैठता था। जैसे सड़क पर खड़े हो गए और बोले—आदमी चाय पीएगा। जब तक साथी उसे चाय न पिलाएँ, वह टलता नहीं था। इसी तरह बोलने में वह असंयम कर बैठता था। उलझ पड़ना उसकी आदत थी। सो आई एम फन-फ्रंटिंग ए मीडियाकर...ऐसा सामनेवाले से बोल देता और झंझट शुरू हो जाती। वह तीखी बातें अँगरेजी में ही बोलता था, इसलिए मुझे मजबूरन अँगरेजी वाक्य देने पड़ रहे हैं। वह अँगरेजी बहुत अच्छी बोलता और लिखता था।

पर सिलसिले से न वह काम कर पाता, न जी पाता। घर की आर्थिक हालत खराब थी। उससे बहुत कमाने की आशा की जाती थी। वह कभी बेकार रहता और कभी कुछ महीनों के लिए माध्यमिक विद्यालय में अध्यापक हो जाता। आखिर नियमित अध्यापकी उसे मिल भी गई। पर वह घुटा हुआ था। जो करना चाहता था, कर नहीं पाता था। जो नहीं करना चाहता था, वह करता। घर में इसीलिए उससे पटती नहीं थी। वह पी-एच.डी. कर सकता था। विश्वविद्यालय में अध्यापक हो सकता था। बहुत लिख सकता था। यह सब दब गया। वह विद्रोही हो गया। असामान्य हो गया। बाहर वह सनकी माना जाने लगा और बहुत कम लोग उसे गम्भीरता से लेते थे।

उम्र उसकी बढ़ रही थी और शादी हो नहीं रही थी। लोग शादी के लिए कहते थे तो वह चिढ़कर कहता—एव्रीबडी सेज़ गेट मेरिड, गेट मेरिड बट व्हेअर इज़ दी गर्ल? उसका ऐसा खयाल था कि लड़कीवाले आते हैं, मगर जाति के एक-दो लोग उन्हें बहका देते हैं कि वह तो पागल है।

मैं और वह एक ही स्कूल में काम करते थे। वह ट्यूशनें भी करता। दिमाग उसका बिगड़ता जाता था। वह कुछ मादक द्रव्यों का भी सेवन करने लगा था। सबसे बड़ी पीड़ा उसकी अब शादी न होना थी।

मैं अकेला रहता था। महीने-भर मैंने उसे अपने घर में रखा। वह बार-बार भावुक हो उठता। परिवार की बात करता और रो पड़ता। अपनी दुर्गति पर पछताता और रो पड़ता। कहता—व्हाट एम आई मेड फार एंड व्हाट आई एम डूइंग/गैट मी ए कॉपी। आई शेल राइट।

मैंने उसे एक मोटी कॉपी दी। उसने उस पर शीर्षक लिखा—'रिफार्म वर्सेस रिवोल्यूशन'। दो-तीन पृष्ठ भी लिखे। अच्छे लिखे। मैं खुश था, इसका मन लिखने में लग रहा है। पर दूसरे दिन फिर उसका वही हाल। गर्दन अकड़ाकर चलता था। चौड़ा सीना था, पुष्ट देह थी। दूसरे दिन उसे सनक का दौरा आया तो एक प्रोफेसर से उलझ पड़ा। बहस करते-करते बहका—आई हैव नो कम्प्लेंट एगेंस्ट यू बट टेल मी दी नेम ऑफ दैट ईडियट हू मेड यू ए प्रोफेसर।

रात को मैं दरवाजे में ताला लगाता था। उसने कहा—ताला क्यों लगाते हो? मैंने कहा—सुरक्षा के लिए। पहले से ही लगाता हूँ। उसने कहा—नहीं, तुम मेरे कारण ताला लगाते हो। तुम्हें डर है कि मैं रात को कहीं भाग जाऊँगा। मैंने कहा—ताला तो मैं हमेशा से लगाता हूँ। पर हाँ, मुझे तुम्हारे 'मूड' का भरोसा नहीं। उसने साँस छोड़ी और बोला—दैट इज़ माई ट्रेजडी। नोबडी टस्टस मी।

आखिर मैं उसे डॉ. डिसिल्वा के पास ले गया। डाक्टर उसे जानते थे। पूछा—यस पांडे, व्हाट इज़ दी मैटर। आई हीअर थिंग्ज अबाउट यू। यू सेड यू वेअर-डूइंग सम रिसर्च।

वह बोला—डज़ आई एम डूइंग रिसर्च ऑन 'एडोलेसेंट एम्बीशंस' (किशोर महत्त्वाकांक्षाएँ)।

डाक्टर ने पूछा—हाऊ फार हैव यू गॉन?

उसने कहा—आई एम दी रिजल्ट बिफोर यू। टू हैल विथ रिसर्च।

डाक्टर समझ गया। पूछा—दस्त कब से नहीं गए। पांडे ने कहा—तीन दिन से। फिर पूछा—डू यू टेक नरकाटिक्स (मादक पदार्थ)? पांडे ने कहा—यस समटाइम्स। डाक्टर ने कहा—नो वन टेक्स समटाइम्स। उसने कहा—नो डाक्टर, आई एम नाट एन एडिक्टयट। डाक्टर ने दस्त की दवा दी। कुछ 'ट्रेंक्विलाइजर्स' वगैरह लिख दिए। कुछ दवाइयाँ पास से दीं। कब्ज दूर करने के उपाय बताए।

वह बेहतर हो गया। नशा भी नहीं करता था। पर अकड़ वैसी ही रही और सनक भी। उसकी महत्त्वाकांक्षाएँ डूबने लगीं। अब एक ही धुन उसे थी—शादी कर ले और साधारण आदमी की तरह रहे। पर लड़की कहाँ?

एक दिन मेरे पास नागपुर के दो आदमी आए। अपना परिचय दिया और उसका फोटो दिखाया।

बोले—इन्हें आप जानते हैं?

मैंने कहा—हाँ, ये मेरे साथ अध्यापक हैं।

वे बोले—हमने यह फोटो नागपुर में डाक्टर को दिखाया था। उसने कहा कि यह आदमी कुछ-कुछ पागल होना चाहिए।

मैंने पूछा—इस आदमी से आपको क्या मतलब है?

उन्होंने कहा—हम अपनी लड़की की शादी इनसे करना चाहते हैं। नागपुर में कुछ लोगों ने कहा कि जबलपुर में आपसे मिलें। वे सही बात बताएँगे।

मैंने कहा—आपने मेरे सामने संकट उपस्थित कर दिया। यह आदमी मेरा दोस्त भी है। पर लड़की की जिन्दगी का सवाल है। मैं झूठ नहीं बोलूँगा। देखिए, यह आदमी परम बुद्धिमान है। ऐसे कम होते हैं। यह पागल कतई नहीं है। हाँ, कभी-कभी असामान्य व्यवहार करता है और इसे 'मूड' आते हैं। इसलिए लोग इसे थोड़ा सनकी समझते हैं। मैंने भी इसे यहाँ बहुत अच्छे डाक्टरों को दिखाया था। डाक्टरों ने कहा कि इसके ये लक्षण इसलिए हैं कि इसकी शादी नहीं हुई है। इसकी शादी हो जाए तो यह बिलकुल ठीक हो जाएगा। अब आप समझ लीजिए।

नागपुरवालों ने शादी तय कर दी। वह परिवार विदर्भ का था।

पांडे ने शादी की बात किसी को नहीं बताई। उसे डर था कि यहाँ के लोग लड़कीवालों को बहका देंगे। सिर्फ मुझे यह बात मालूम थी। उसके दूसरे मित्रों को भी नहीं मालूम थी।

वह चुपचाप शादी करने चला गया।

शादी करके, दुल्हन लेकर, लौट रहा था। रेलगाड़ी के उसी डिब्बे में हमारा एक मित्र पुराणिक भी था। पर न उसे मालूम था कि इस डिब्बे में पांडे है और न पांडे को मालूम था कि पुराणिक डिब्बे में है।

पुराणिक ने जबलपुर लौटकर बताया कि पांडे की शादी हो गई। मगर वह तो वैसा का वैसा ही है। गाड़ी स्टेशन से चली और सिगनल के पास रुक गई। डिब्बे के बाहर गुल-गपाड़ा हो रहा था। मैंने खिड़की से देखा, दूल्हा के लिबास में एक आदमी गार्ड से बहस कर रहा है। कह रहा था—दी ट्रेन विल नाट मूव्ह। गार्ड समझा रहा था—आप मामूली बात के लिए जिद कर रहे हैं। उसने कहा—बात मामूली नहीं है। इट इज़ ए मैटर ऑफ सालेम मेरिज। जब तक हमारा आदमी प्लेटफार्म से उस टोकनी को लेकर नहीं आ जाता—दी ट्रेन विल नाट मूव्ह। यू अंडरस्टैंड मी? आई शेल पे दी फाइन। आदमी खाली हाथ लौट आया। लड्डू की टोकनी किसी ने उठा ली थी।

पुराणिक ने आगे बताया—वह जब डिब्बे में घुसा तो मुझे देखा। यू पुराणिक? मैंने कहा—तुम्हारे ये क्या ठाठ हैं! उसने कहा—व्हाई, आई गाट मेरिड। शी इज़ माई वाइफ।

उसने पत्नी से परिचय कराया।

पुराणिक ने मुझसे कहा—डाक्टर तो कहते थे कि यह शादी के बाद ठीक हो जाएगा। पर रेल में मैंने देखा कि वह तो वैसा ही सनकी है।

मैंने कहा—बारात लौटते वक्त ही कैसे ठीक हो जाएगा? एक-दो महीने पत्नी के साथ रहेगा तो ठीक हो जाएगा।

वह अलग दो कमरे लेकर रहने लगा। हमें घर भी ले गया। पति-पत्नी बाजार जाते। मित्रों के घर जाते। ठीक-ठाक हो गया।

हमें आशा थी कि अब इसकी महत्त्वाकांक्षा और प्रतिभा जागेगी और यह कोई विशेष काम करेगा।

पर वह बुझ गया था। गृहस्थ की हैसियत से ही वह सन्तुष्ट था। उसने जबलपुर छोड़ दिया। अब वह सुखी और सन्तुष्ट गृहस्थ था। एक असामान्य आदमी को परिस्थितियों ने सामान्य बनाकर खत्म कर दिया।